विश्वंभरनाथ शर्मा कौशिक
की
लोकप्रिय कहानियाँ

विश्वंभरनाथ शर्मा कौशिक
की
लोकप्रिय कहानियाँ

विश्वंभरनाथ शर्मा कौशिक

प्रभात प्रकाशन, दिल्ली
ISO 9001:2015 प्रकाशक

प्रकाशक • **प्रभात प्रकाशन**
4/19 आसफ अली रोड,
नई दिल्ली–110002

संस्करण • प्रथम, 2019
मूल्य • तीन सौ पचास रुपए
मुद्रक • आर–टेक ऑफसेट प्रिंटर्स, दिल्ली

VISHWAMBHARNATH SHARMA KAUSHIK KI LOKPRIYA KAHANIYAN
Published by Prabhat Prakashan, 4/19 Asaf Ali Road, New Delhi-2
e-mail: prabhatbooks@gmail.com ISBN 978-93-5322-350-2
₹ 350.00

विश्वंभरनाथ शर्मा कौशिक होने का मतलब

प्रेमचंद के समकालीन कथाकार विश्वंभरनाथ शर्मा कौशिक की सवा सौवीं जयंती पर साहित्य अकादमी ने पिछले दिनों राष्ट्रीय संगोष्ठी कर उन्हें याद किया तो अच्छा लगा, क्योंकि सन् 1991 में जब उनकी जन्मशती पड़ी तो देश भर में कहीं कोई आयोजन नहीं हुआ, न हरियाणा में, जहाँ वे जनमे, न उत्तर प्रदेश में, जहाँ अंतिम समय तक वे रहे। 10 मई, 1891 को अंबाला छावनी (तत्कालीन पंजाब) में जनमे विश्वंभरनाथ के पिता हरीश कौशिक अंग्रेजी सेना में स्टोरकीपर थे। चार बरस की उम्र में हरीश कौशिक के सगे-संबंधी इंद्रसेन शर्मा ने उन्हें गोद ले लिया तो वे उत्तर प्रदेश के औद्योगिक शहर कानपुर आकर कौशिक के साथ शर्मा भी हो गए, यानी विश्वंभरनाथ शर्मा कौशिक। नीलांबर कौशिक ने बताया तो राकेश शुक्ला के अनुसार उनका व्यक्तित्व समकालीन लेखकों के बीच अत्यंत प्रभावी रहा। वे बहुआयामी व्यक्तित्व के सर्जक ठहरे। चाहे कहानी लेखन हो, उपन्यास या हास्य-व्यंग्य लेखन अथवा 'हिंदी मनोरंजन' पत्रिका का संपादन, कौशिकजी हर जगह अपनी विशिष्ट छाप छोड़ते रहे। वह चाहे स्त्री जीवन की पीड़ा का चित्रण हो, संयुक्त परिवार की समस्या का निदान, हिंदू-मुसलिम मामले अथवा विश्वयुद्ध, कौशिकजी की कलम हर मामले में कमाल करती चली गई। उनकी कृतियों में विधागत विविधता तो देखने को मिलती ही है, उन्होंने प्रयोग भी खूब किए, जबकि उनके समय के लेखक प्रयोग करने से डरते थे, लेकिन कौशिकजी ने किस्म-किस्म की अपनी रचनाओं में अत्यंत प्रभावशाली प्रयोग किए।

आनंद शुक्ला कहते हैं कि विश्वंभरनाथ शर्मा कौशिक देश के अग्रणी कथाकार-संपादक ही नहीं, प्रेमचंद की तरह अपने आप में एक संस्था भी रहे, जिनके योगदान को भुलाया नहीं जा सकता। ऑक्सफोर्ड यूनिवर्सिटी की फ्रैंचस्का

आर्सिनी ने 'दि हिंदी पब्लिक स्फियर' में उनके बारे में लिखा है। अरसे तक उनके उपन्यास 'भिखारिणी' और 'संघर्ष' आगरा एवं कानपुर विश्वविद्यालय में पढ़ाए जाते रहे। 'ताई' कहानी पाठ्यक्रम में लगी रही और जब भी किसी आलोचक ने हिंदी के इतिहास पर बात की तो कौशिकजी के योगदान की चर्चा की। अपने समय में उनके उपन्यास 'भिखारिणी' के तेरह और 'माँ' के पाँच संस्करण हुए थे। 10 दिसंबर,1945 में उनके निधन के कुछ बरस तक तो उनके व्यक्तित्व-कृतित्व की चर्चा होती रही, लेकिन फिर न जाने ऐसा क्या हुआ कि सन्नाटा पसर गया। अरविंद वाजपेयी ने बताया कि सन् 1915 से 1945 तक तत्कालीन पत्र-पत्रिकाओं में उनका जो साहित्य छपा था, ज्यादातर पुस्तक रूप में नहीं आ सका। इधर शैलेंद्र कुमार सिंह ने 'प्रेमचंदयुगीन कथा साहित्य और कथाकार विश्वंभरनाथ शर्मा कौशिक' लिखकर उन पर फिर से चर्चा की शुरुआत की है तो अमन प्रकाशन ने उनके उपन्यास 'भिखारिणी' और 'माँ' के साथ 'विश्वंभरनाथ शर्मा कौशिक : चुनी हुई कहानियाँ' का प्रकाशन किया है।

हमें लगता है कि प्रेमचंद युग के कथाकारों में अग्रणी रहे कौशिकजी को पिछले तीन-चार दशक में उन लोगों ने उपेक्षित किया, जिन्होंने साहित्य को अपनी बपौती मानकर तमाम लोगों को छोड़ दिया, प्रेमचंद के सिवा। जयशंकर प्रसाद और फणीश्वरनाथ रेणु तक उनके लिए गैरजरूरी हो गए। प्रेमचंद को इसलिए बनाए रखा, ताकि उनके सहारे अपनी पहचान बनाए रख सकें, लेकिन कौशिक जैसे साहित्यकार को विस्मृति के गर्त में ले जा पाना किसी के वश में नहीं। साहित्य अकादमी से जो शताब्दी संचयन छप रहा है, उसमें उनकी कहानी 'फाँसी' शामिल है, जिसके संपादक कमलेश्वर हैं। अखिलेश, महेश दर्पण, पुष्पपाल सिंह, देवेश ठाकुर और राहुल तक, प्राय: सबके संचयनों में कौशिकजी की कहानियाँ मौजूद हैं, जबकि उनके पौत्र नीलांबर और उनकी 'चुनी हुई कहानियाँ' के संपादक अमरीकसिंह दीप कहते हैं कि लोगों ने उन्हें रसातल नें पहुँचा दिया, लेकिन अपनी इस बात को न मानते हुए निदा फाजली के शब्दों में कहना चाहते हैं, "मुझे मालूम है, तुम मर नहीं सकते। तुम्हारी मौत की सच्ची खबर जिसने उड़ाई है, वो झूठा है। तुम्हारे हाथ मेरी उँगलियों में साँस लेते हैं, लिखने के लिए जब भी कागज-कलम उठाता हूँ। तुम्हारी कब्र पर जिसने तुम्हारा नाम लिखा है, वो झूठा है। तुम्हारी कब्र में

मैं दफन हूँ, तुम मुझमें जिंदा हो।" नीलांबर कौशिक तो हैं ही, कानपुर के नाते मैं भी विश्वंभरनाथ शर्मा कौशिक का वंशज हूँ, लेकिन उनके साथ हमने भी पिछले वर्षों में कुछ नहीं किया। अब करेंगे, यह वादा है। दिल्ली और देश के विभिन्न नगरों से छप रही कथाकारों की चुनिंदा कहानियों की सीरीज में उनकी भी कहानियाँ आनी चाहिए, जिनमें लोगों ने हमारे जैसे तमाम नए कथाकारों को तो छाप दिया, लेकिन कौशिकजी अभी तक छूटे हुए हैं। साहित्य अकादेमी को अब उन पर मोनोग्राफ भी छापना चाहिए।

प्रो. सूर्यप्रसाद दीक्षित के अनुसार सामाजिक सरोकारों, मानव जीनव के सूक्ष्म मनोभावों, यथार्थ को किस्सागोई और कथारस के साथ लिखनेवाले कथाकारों में विश्वंभरनाथ शर्मा कौशिक का स्थान सर्वोपरि है। प्रेमचंद युग के साहित्य संरक्षकों में भी उनका स्थान महत्त्वपूर्ण है। उन्होंने हिंदी कहानी को स्थापित करने में महत्त्वपूर्ण योगदान दिया। उस काल में हिंदी-लेखन का प्रचलन कम था, लोग उर्दू और अंग्रेजी में लिखना ज्यादा पसंद करते थे। ऐसे में उन्होंने हिंदी में लिखकर निश्चित रूप से प्रशंसनीय काम किया। उनसे पहले जयशंकर प्रसाद और जी.पी. श्रीवास्तव ने जरूर हिंदी में लिखा था। श्रीचंद्रधर शर्मा गुलेरी और प्रेमचंद उनके बाद हिंदी में आए। जिस तरह प्रेमचंद को संस्थान माना जाता है, वैसे ही विश्वंभरनाथ शर्मा कौशिक भी एक संस्थान थे। प्रेमचंद की तरह उन्होंने भी तीन सौ से अधिक कहानियाँ लिखीं। उनके उपन्यासों में 'माँ' और 'भिखारिणी' बहुत प्रसिद्ध हुए। हास्य-व्यंग में वे बेजोड़ हैं। उनकी 'दुबेजी की चिट्ठियाँ' तथा 'दुबेजी की डायरी' (विजयानंद दुबे के नाम से) बहुत लोकप्रिय हुईं। कौशिकजी उन साहित्यकारों की श्रेणी में आते हैं, जिन्हें विस्मृत करना असंभव है। शोधार्थियों को उनके विविध विषयों पर शोध करना चाहिए। उनके साहित्य में शोध के लिए बहुत कुछ है, बस एक खोजी नजर चाहिए। जहाँ तक उन पर मोनोग्राफ के प्रकाशन का प्रश्न है, अगर आवश्यक सामग्री मिल जाए तो यह काम जल्दी ही हो जाएगा।

अमरीकसिंह दीप कहते हैं कि कौशिकजी ने अपने समय में अनेक साहित्यकारों को संरक्षण दिया। उनका साहित्य रोचक और प्रेरक है। हिंदी लेखकों की त्रासदी यह है कि मरणोपरांत चार-छह महीने तक तो उन पर खूब संस्मरण लिखे-लिखाए जाते हैं, लेकिन उसके बाद सन्नाटा पसर जाता है। ऐसा ही कौशिकजी के साथ

हुआ। पश्चिम में वहाँ के लेखकों को उनकी रचनाओं के लिए भरपूर धन, यश और सम्मान मिलता है। वे सुखी जीवन जीते हैं। मरणोपरांत उनके घर को स्मारक बना दिया जाता है, लेकिन भारत में ऐसा नहीं होता। प्रेमचंद को छोड़कर शेष तमाम लेखकों की कृतियाँ आउट ऑफ प्रिंट हैं। पुस्तकालयों से भी गायब हो रही हैं। उनकी चिंता करनेवाला कोई नहीं है। यही खतरा कौशिकजी के साहित्य पर भी मँडरा रहा है, जबकि प्रेमचंद से भी चार बरस पहले कौशिकजी हिंदी में कहानियाँ लिखने लगे थे। उन्होंने कई लेखकों का मार्गदर्शन ही नहीं, लिखने के लिए उन्हें प्रेरित भी किया। उनके साहित्य को नए सिरे से विश्लेषित करने की जरूरत है।

—बलराम

संपर्क–सी–69, उपकार अपार्टमेंट
मयूर विहार फेज–1, दिल्ली–110091
मो.:–09810333933

अनुक्रम

न्याय

दिन के तीन बज चुके थे। इसी समय एक बड़ी तथा सुंदर मोटर कार तेजी के साथ सड़क पर चली आ रही थी। मोटर में पिछली सीट पर एक 20–22 वर्ष का सुंदर युवक खाकी कोट, ब्रीचेज तथा फुल बूट पहने बैठा था, उसके बगल ही में सीट पर खाकी सोला हैट रखी हुई थी। ड्राइवर की बगल में एक दूसरा व्यक्ति बैठा था, इसकी आयु 30–35 वर्ष के लगभग होगी। यह भी खाकी कोट, ब्रीचेज इत्यादि से सुसज्जित और सिर पर खाकी साफा बाँधे हुआ था। उसके दोनों घुटनों के बीच में दो दोनाली बंदूकें दबी हुई थीं और कारतूस की पेटी उसके कंधे पर पड़ी हुई थी। सहसा नवयुवक ने उस व्यक्ति से कहा, "भाई अनिरुद्ध सिंह, प्यास बड़े जोर से लगी है। किसी गाँव में ठहरकर पानी पीना चाहिए।" अनिरुद्ध सिंह बोला, "बहुत अच्छा हुजूर! कोई-न-कोई गाँव आने ही वाला है।"

"थरमस फ्लास्क में तो अब कुछ होगा नहीं, क्या ?"

"नहीं सरकार, वह तो बड़ी देर हुई, खाली हो चुका।"

नवयुवक ने कहा, "अच्छा, तब तक लाओ पान ही खाएँ, कुछ देर तो प्यास रुकेगी।"

अनिरुद्ध सिंह ने अपनी जेब से चाँदी का डब्बा निकालकर नवयुवक को दिया। नवयुवक ने दो पान निकालकर खा लिये और डब्बा अनिरुद्ध सिंह को लौटा दिया।

थोड़ी देर तक सब लोग मौन बैठे रहे। अकस्मात् ड्राइवर बोल उठा, "वह देखिए, सामने गाँव दिखाई पड़ रहा है।"

अनिरुद्ध सिंह ने कहा, "इसी गाँव में पानी पीकर और फ्लास्क भरकर आगे बढ़ेंगे।" दस मिनट में मोटर गाँव के पास पहुँच गई। गाँव सड़क के किनारे ही पर

था। सड़क के किनारे मोटर रोक दी गई। अनिरुद्ध सिंह फ्लास्क लेकर मोटर से उतर गया। नवयुवक ने कहा, "पानी ताजा लाना।"

अनिरुद्ध सिंह बोला, "हाँ और क्या, बासी किस काम का होगा।"

यह कहकर वह चला। गाँव में घुसते ही सामने एक कुआँ दिखाई पड़ा, जिस पर दो -तीन आदमी पानी भर रहे थे। अनिरुद्ध सिंह कुएँ के पास जाकर एक व्यक्ति से बोला, "भई, थोड़ा पानी दे सकते हो?"

एक व्यक्ति ने पूछा, "क्या पियोगे?"

अनिरुद्ध सिंह बोला, "पिएँगे भी और ले भी जाएँगे।"

"काहे में ले जाओगे, कोई लोटा-वोटा है?"

अनिरुद्ध सिंह हाथ में फ्लास्क लिये था, उसको उठाकर बोला, "इसमें ले जाएँगे।"

"इसमें तो चमड़ा लगा है, इसका पानी तुम पी लोगे?"

"हाँ, पीते ही हैं, शिकारी आदमी ठहरे; ऐसा विचार करें तो काम कैसे चले?"

कुएँ पर उपस्थित व्यक्ति के मुख पर विस्मय-मिश्रित घृणा का भाव उत्पन्न हुआ। एक ने कुएँ में लोहे का कलसा डालते हुए पूछा, "आपका स्थान कहाँ है?"

"जसवंतपुर!"

"अच्छा! जसवंतपुर के ठाकुर तो हमारे मालिक हैं, यह गाँव उन्हीं के इलाके में है।" एक व्यक्ति ने कहा।

"हाँ, मैं जानता हूँ, मैं उन्हीं का नौकर हूँ और पानी कुँवर साहब के लिए ही लेने आया हूँ।"

"अच्छा! कुँवर साहब कहाँ हैं?" एक साथ दो व्यक्तियों ने बहुत ही उत्सुक तथा विस्मित होकर पूछा।

"सड़क पर मोटर में हैं।"

"ओहो, तब तो गाँव के भाग खुल गए। किंतु भइया! उन्हें यहीं ले आते, हम कुछ उनकी सेवा कर लेते, गाँव पवित्र हो जाता।"

"यहाँ क्या करेंगे आकर, कहीं बैठने की जगह भी तो नहीं है।"

"हाँ, उनके लायक जगह तो नहीं है। चौपार में पलंग बिछवा देते, दिनभर बैठकर चले जाते।"

"तो भाई, तुम लोग चलकर कहो तो शायद चले आएँ, मैं तो कह नहीं सकता।"

"अच्छा, हम चलते हैं। उत्तम सिंह, तुम जाकर चौपार में पलंग लगवाओ। देखो, मन में आए तो शायद आ ही जाएँ।"

उनमें से एक व्यक्ति तुरंत चल दिया। शेष दो व्यक्ति अनिरुद्ध के साथ चले। तुरंत गाँव में हल्ला हो गया कि कुँवर साहब आए हैं। अतएव इन तीनों व्यक्तियों के मोटर तक पहुँचते-पहुँचते आठ-दस आदमी तथा बालकों की भीड़ पहुँच गई। अनिरुद्ध सिंह ने कुँवर साहब से कहा, "ये लोग हुजूर से कुछ कहना चाहते हैं।"

कुँवर साहब अप्रसन्न होकर बोले, "अरे भई! तुम पानी लेने गए थे, ये फौज कहाँ से इकट्ठा कर लाए?"

अनिरुद्ध सिंह के कुछ कहने के पूर्व ही एक व्यक्ति हाथ जोड़कर बोला, "अन्नदाता, आज हमारे बड़े भाग हैं जो सरकार यहाँ आ गए। दिनभर के लिए गाँव में चले चलिए, सब आपका दर्शन कर लेंगे और आपके जूतों की रज से गाँव पवित्र हो जाएगा।"

कुँवर साहब ऊबते हुए बोले, "भई, मैं न जाने कहाँ से थका-थकाया चला आ रहा हूँ। इस समय मुझे एक-एक क्षण भारी हो रहा है। फिर कभी जब इधर आऊँगा तो कुछ देर के लिए गाँव में चला चलूँगा।"

इस पर सब लोगों ने हाथ जोड़कर अनुनय-विनय करना आरंभ किया। अंत में अनिरुद्ध सिंह की ओर देखकर कुँवर साहब ने पूछा, "क्यों भई, ये लोग तो मानते नहीं, क्या राय है?"

"सरकार आपकी प्रजा है, मिनट-दो मिनट के लिए चले चलिए, इनका चित्त प्रसन्न हो जाएगा।"

कुँवर साहब हैट उठाकर बोले, "अच्छा भई चलो!"

□

जसवंतपुर के ठाकुर जोरावर सिंह एक बड़े जागीरदार हैं। उनकी वार्षिक आय तीन लाख रुपए के लगभग है। जसवंतपुर में उनकी एक बहुत बड़ी कोठी है

तथा अनेक हाथी-घोड़े और मोटरें हैं। उपर्युक्त घटना के एक मास पश्चात् संध्या समय ठाकुर साहब कोठी के बाग में बैठे हुए थे। कोठी के हाते में ही बाग था। बाग के मध्य में सुंदर घास से ढका हुआ भूमि का एक बड़ा टुकड़ा था। इस भूमि के टुकड़े के मध्य में संगमरमर का गोलाकार चबूतरा था। जिस पर बीच में एक गोल मेज तथा उसके आस-पास सुंदर गद्देदार कुरसियाँ लगी हुई थीं। इन्हीं में से एक आरामकुरसी पर ठाकुर जोरावर सिंह लेटे हुए चैत्र मास की संध्याकालीन शीतल समीर का आनंद ले रहे थे। उनके समीप तीन-चार व्यक्ति बैठे हुए थे। चबूतरे के ऊपर नीचे चार-पाँच सेवक हाथ बाँधे खड़े थे।

सहसा ठाकुर साहब ने पूछा, "बख्तावर सिंह आ गया?"

एक सेवक ने आगे बढ़कर कहा, "नहीं, हुजूर, अभी तक तो कुँवर साहब आए नहीं।"

"न जाने कहाँ रह गया, सूर्यास्त हो चुका। आजकल उसे शिकार का ऐसा चस्का लगा है कि नित्य शिकार को जाता है और लुत्फ यह कि मिलता-मिलाता कुछ नहीं। खाली हाथ लौटता है, पर जाता नित्य है। मुझे जब शिकार का शौक था, तब मैं खाली हाथ तो कभी लौटा नहीं।"

पास बैठा हुआ एक व्यक्ति बोला, "आपका निशाना भी तो अचूक होता था। मेरे पिता आपके साथ दो-चार बार गए हैं, वह बताया करते हैं, (अन्य व्यक्तियों की ओर देखकर) कहते हैं कि जिस पर आपने बंदूक तान दी, फिर वह बचा ही नहीं। ऐसा लाजवाब निशाना लगाते थे।"

ठाकुर साहब मुसकराकर बोले, "वह समय ही और था। उस समय शौक था। अब हम वैसा निशाना नहीं लगा सकते, शौक नहीं रहा, इसलिए अभ्यास भी नहीं रहा।"

"फिर भी मेरा तो यह विश्वास है कि अब भी आपका निशाना शायद ही चूके।"

"अरे नहीं, अब वह बात नहीं रही। अब तो बंदूक भी साधना कठिन है।"

इसी समय मोटर की घरघराहट सुनाई पड़ी। ठाकुर साहब ने एक नौकर से कहा, "देखो शायद बख्तावर आ गया। आ गया तो यहाँ बुला लाओ।"

थोड़ी देर बाद कुँवर साहब आए। वही खाकी पोशाक पहने हुए, आकर

ठाकुर साहब के सम्मुख एक कुरसी पर बैठ गए और रुमाल से मुँह पोंछने लगे।

ठाकुर साहब ने पूछा, "अरे भई, आजकल रोज शिकार को जाते हो, क्या बात है?"

कुँवर साहब कुछ क्षणों के लिए सिटपिटाए, परंतु शीघ्र ही सँभलकर बोले, "ऐसे ही जरा चित्त बहल जाता है।"

"परंतु लाते तो कुछ भी नहीं हो, खाली हाथ लौट आते हो।"

"मेरा उद्‌देश्य अधिकतर जंगल में दृश्य देखना रहता है, शिकार खेलना नहीं।"

"अरे तो ऐसा जंगल देखना किस काम का कि सवेरे से निकलो तो शाम को लौटो।"

"नहीं, रोज तो ऐसा नहीं होता, कभी-कभी हो जाता है।"

"मैं तो रोज ही देखता हूँ। कल भी देर से लौटे थे।"

"हाँ, कल भी देर हो गई थी, परंतु इसके पहले तो सदैव जल्दी आता रहा।"

"आ जाते होगे। इस प्रकार दिन-दिन भर गायब रहना ठीक नहीं। कभी-कभी ऐसा हो जाए तो हर्ज नहीं, परंतु नित्य ऐसा नहीं होना चाहिए। इस प्रकार अकेले घूमना ठीक नहीं। सौ दोस्त, सौ दुश्मन।"

अंतिम वाक्य ठाकुर साहब ने पास बैठे हुए अन्य लोगों की ओर देखकर कहा।

उनमें से एक बोला, "ठीक है, आपका कहना बिल्कुल दुरुस्त है। आजकल समय बड़ा खराब है।"

"अब तुम कुछ दिनों के लिए यह शिकारबाजी छोड़ दो।"

"छूट ही जाएगी। जब तक जरा ठंडक है तभी तक है, जब गरमी पड़ने लगेगी, तब फिर कौन जाता है। पंद्रह-बीस दिन की बात और है।"

"तो क्या कोई कसम है कि जब तक गरमी न पड़ने लगे, तब तक शिकार छोड़ो ही नहीं।"

"नहीं कसम काहे की है। अब जल्दी आ जाया करूँगा।"

"परंतु अभी जाओगे जरूर?" ठाकुर साहब ने कुछ अप्रसन्न होकर कहा।

"यदि आपकी आज्ञा हो तो एकदम जाना बंद कर दूँ, अन्यथा वैसे तो मैं कोई

हर्ज नहीं समझता। और रही दोस्त–दुश्मनों की बात, सो उसके लिए तो साथ में दो-दो बंदूकें रहती हैं, पिस्तौल रहते हैं।"

"अच्छा भई, जैसा उचित समझो करो, मेरा काम तो समझाना था। जाओ कपड़े बदल डालो।"

कुँवर साहब उठकर चले। थोड़ी दूर आगे बढ़कर एक सरो वृक्ष की आड़ में अनिरुद्ध सिंह खड़ा था। उसने कुँवर साहब को देखकर पूछा, "सब कुशल!"

"हाँ, सब ठीक है।"

"मेरा तो कलेजा धक् से हुआ था कि कहीं सरकार को खबर तो नहीं लग गई।"

कुँवर साहब हँसकर बोले, "शंका तो मुझे भी हुई थी। परंतु बात कुछ और निकली। उन तक खबर पहुँचना कठिन है। जब किसी को मालूम हो, तब तो खबर पहुँचे। वहाँ का कोई आदमी यहाँ आता ही नहीं।"

"इसके अतिरिक्त मैंने वहाँ के सब आदमियों से कह दिया है कि यदि किसी ने जाकर बड़े सरकार तक यह खबर पहुँचाई तो वह जीवित ही दफन करा दिया जाएगा।" अनिरुद्ध सिंह ने कुछ अभिमान के साथ कहा।

कुँवर साहब हँसकर कोठी की ओर चल दिए। अनिरुद्ध सिंह अकड़ता हुआ दूसरी ओर चला गया।

□

उपर्युक्त घटना हुए वर्ष व्यतीत हो गया। कुँवर बख्तावर सिंह अब शिकार खेलने बहुत ही कम जाते हैं। यदि उन्हें शिकार खेलने का कोई प्रस्ताव भी करता है तो बहुधा टाल जाया करते हैं।

दोपहर का समय था। कोठी के एक सुसज्जित कमरे में कुँवर साहब कुछ मित्रों के साथ ताश खेल रहे थे। इस समय एक सेवक एक तश्तरी पर एक मैला-सा लिफाफा रखे हुए लाया। उसने झुककर तश्तरी कुँवर साहब के सम्मुख की। कुँवर साहब ने पहले कुछ क्षणों तक लिफाफे को ध्यानपूर्वक देखा, तत्पश्चात् सेवक से पूछा, "कौन लाया है ?"

"मैं तो पहचानता नहीं हुजूर, एक देहाती है।"

उपस्थित मित्रों में से एक बोला, "बड़ा डर्टी (मैला) लिफाफा है।" कुँवर

साहब ने उसकी बात पर ध्यान न देकर लिफाफा उठा लिया और उसे खोलकर पढ़ना आरंभ किया। दो-चार पंक्तियाँ पढ़कर ही उनका मुख पीला पड़ गया। उन्होंने मित्रों से कहा, "मैं अभी क्षणभर में आता हूँ।"

यह कहकर वह उस कमरे से मिले हुए दूसरे कमरे में चले गए। वहाँ एक कुरसी पर बैठकर उन्होंने बड़े ध्यानपूर्वक पत्र पढ़ा। एक बार नहीं कई बार पढ़ा। इसके पश्चात् उठकर टहलने लगे। उनके मुख पर चिंता के गहरे चिह्न थे। थोड़ी देर तक टहलने के पश्चात् उन्होंने घंटी बजाई, तुरंत एक नौकर उपस्थित हुआ। कुँवर साहब ने कहा, "मँगली को भेजो।"

नौकर बाहर चला गया। थोड़ी देर पश्चात् वही नौकर जो पत्र लाया था, हाजिर हुआ। उससे कुँवर साहब ने पूछा, "जो आदमी यह चिट्ठी लाया है, वह है या चला गया?"

"अभी तो बाहर बैठा है, जवाब की राह देख रहा है।"

"अच्छा तो उससे कह दो कि जवाब भिजवा दिया जाएगा।"

"बहुत अच्छा!"

नौकर चला गया। कुँवर साहब ने चिट्ठी को फाड़कर टुकड़े-टुकड़े कर दिया तत्पश्चात् पुनः बाहर आकर बैठ गए और ताश खेलने लगे। थोड़ी देर तक ताश खेलने के पश्चात् कुँवर साहब बोले, "अब हटाओ, तबीयत नहीं लगती। थोड़ी देर सोऊँगा, नींद मालूम हो रही है।" इतना कहकर कुँवर साहब उठ खड़े हुए और पुनः उसी कमरे में चले गए। वहाँ पहुँचकर उन्होंने घंटी बजाई। नौकर के आने पर उन्होंने उससे कहा, "जरा अनिरुद्ध सिंह को बुला दो।"

"जो हुक्म!" कहकर नौकर चला गया। कुँवर साहब सिर पर हाथ रखकर चिंता-सागर में मग्न हो गए। थोड़ी देर पश्चात् अनिरुद्ध सिंह उपस्थित हुआ। कुँवर साहब ने उसे बैठने के लिए हाथ से संकेत किया। अनिरुद्ध सिंह बैठ गया। थोड़ी देर तक दोनों चुप रहे।

"आज सरकार कुछ चिंतित से हैं।" अनिरुद्ध सिंह ने कहा।

कुँवर साहब ने एक दीर्घ निश्श्वास छोड़कर कहा, "अभी एक चिट्ठी आई थी।"

"कहाँ से?"

"वहीं से!" कुँवर साहब ने रहस्यपूर्ण दृष्टि से अनिरुद्ध सिंह की ओर देखते हुए कहा।

"अच्छा! कोई खास बात?"

"उफ! क्या बताऊँ बड़ी मनहूस बात है।"

"भगवान् कुशल करे, मेरा तो कलेजा धड़कने लगा। क्या वह बात मेरे सुनने योग्य है?"

"तुमसे छिपा क्या है! अनिरुद्ध तुम ही तो एक ऐसे आदमी हो, जो मेरी सब बातें जानते हो।"

"सरकार की मेरे ऊपर दया है, अन्यथा मेरी हस्ती ही क्या है।"

"बात यह है कि उसके पुत्र उत्पन्न हुआ है।"

"हैं! ऐसी बात है!" अनिरुद्ध सिंह ने चौंककर कहा।

"हाँ, और इतना ही नहीं, अचल सिंह ने लिखा है कि यदि मेरी ओर से कोई उचित प्रबंधन न किया गया तो वह मेरे पिताजी से सब बातें कह देगा।"

"अच्छा! यहाँ तक नौबत पहुँच गई?"

"हाँ!"

"यह तो बड़ी बुरी खबर है।"

"इससे अधिक बुरी खबर क्या होगी।"

"तो फिर क्या होना चाहिए?"

"मैं तो इस समय विचार-शून्य हो रहा हूँ, तुम्हीं कुछ सोचो।"

अनिरुद्ध सिंह कुछ क्षणों तक सोचकर बोला, "यदि आप आज्ञा दें तो मैं जाकर अचल सिंह से मिलूँ और उसे समझा-बुझाकर डरा-धमकाकर रोकूँ।"

कुँवर साहब ने प्रसन्न मुख होकर कहा, "यह तुमने ठीक उपाय सोचा। यही होना चाहिए और विलंब मत करो, इसी समय चले जाओ।"

"अभी जाता हूँ, घोड़े पर जाऊँ?"

"घोड़े पर तो देर लगेगी, क्योंकि शाम तक लौटना भी तो है। कार ले जाओ।"

"बहुत अच्छा!" यह कहकर अनिरुद्ध सिंह उठ खड़ा हुआ। कुँवर साहब, "और कुछ रुपया भी लेते जाना।"

"हाँ, असली काम तो रुपए से ही होगा। कितना ले जाऊँ?"

"हजार-पंद्रह सौ ले जाओ, यदि आवश्यकता होगी तो फिर भिजवा दिया जाएगा।"

"बहुत अच्छा!" कहकर अनिरुद्ध सिंह विदा हुआ।

□

ठाकुर जोरावर सिंह अपने 'प्राइवेट रूम' में बैठे हुए थे, उनके सामने एक देहाती हाथ जोड़े बैठा था। ठाकुर साहब बहुत ही गंभीर तथा चिंतित थे। कुछ देर पश्चात् उन्होंने कहा, "हूँ, यह मामला है!"

"हाँ अन्नदाता, इसमें एक अक्षर भी झूठ हो तो आप मेरी खाल निकलवाकर भूसा भरवा दें।"

"अच्छा, तुम दूसरे कमरे में चले जाओ, मैं बख्तावर को बुलवाता हूँ।"

इतना कहकर ठाकुर साहब ने उस कमरे से मिले हुए एक कमरे की ओर संकेत किया। देहाती उठकर चला गया। ठाकुर साहब ने घंटी बजाई। एक सेवक हाजिर हुआ। उससे उन्होंने कहा, "जरा बख्तावर को बुला दो।" थोड़ी देर पश्चात् कुँवर साहब आए। उन्होंने पूछा, "क्या आज्ञा है, पिताजी?" ठाकुर साहब बोले, "बैठो!"

कुँवर साहब पिता के सामने बैठ गए और सशंकित नेत्रों से उनकी ओर ताकने लगे।

ठाकुर साहब ने कहा, "एक साल पहले की बात है, तुम शिकार खेलकर लौट रहे थे, उस समय तुम पानी पीने के लिए मकरंदपुर में रुके थे?"

कुँवर साहब का मुख श्वेत पड़ गया। हृदय डूबने सा लगा। उन्होंने बड़ी कठिनता से सँभलकर कहा, "जी!"

"उस समय गाँववालों के अनुनय-विनय करने पर तुम गाँव के मुखिया कालीप्रसाद सिंह के यहाँ गए थे?"

कुँवर साहब अपने सूखे होंठों पर जीभ फेरते हुए बोले, "जी।"

"वहाँ किसी प्रकार तुम्हारी दृष्टि कालीप्रसाद की कन्या पर पड़ी थी?"

कुँवर साहब ने सिर झुका लिया। वह मन-ही-मन ईश्वर से प्रार्थना करने लगे कि धरती फट जाए और वह उसमें समा जाएँ।

कुँवर साहब को मौन देखकर ठाकुर साहब ने कर्कश स्वर में कहा, "बात का उत्तर दो!"

कुँवर साहब बोले, "जी हाँ।"

"उसके पश्चात् तुम दो-चार बार अपने आप मुखिया के यहाँ गए?"

"जी हाँ, गया था।" कुँवर साहब ने सिर झुकाए हुए उत्तर दिया।

"उसके पश्चात् तुमने मुखिया से उसकी कन्या के साथ गुप्त रूप से विवाह करने का प्रस्ताव भिजवाया था?"

"तुमने मुखिया से यह भी वायदा किया था कि थोड़े ही दिनों पश्चात् तुम उसकी कन्या को खुले रूप से अपनी पत्नी बना लोगे?"

कुँवर साहब मौन रहे। ठाकुर साहब कड़ककर बोले, "फिर चुप्पी साधी, मैं कहता हूँ कि मेरी बातों का जवाब देते रहो, हाँ कहो या नहीं।"

कुँवर साहब ने क्षीण स्वर में कहा, "हाँ!"

"विवाह हो जाने पर तुम दो महीने तक मुखिया के यहाँ प्रायः नित्य जाते रहे, इसके पश्चात् तुमने जाना-आना एकदम बंद कर दिया और समय-समय पर तुम उसके पास रुपए भिजवाकर उसकी तुष्टि करते रहे। अभी-अभी तीन-चार दिनों की बात है, मुखिया ने तुम्हें लिखा कि उसकी लड़की के पुत्र उत्पन्न हुआ, इसलिए अब तुमको उसे पत्नी रूप में ग्रहण करना चाहिए!"

"जी हाँ!"

"इस पर तुमने उसके पास फिर रुपया भिजवाया और साथ ही यह धमकी भी दी कि यदि वह चुप न रहेगा तो उसके हक में अच्छा न होगा।"

कुँवर साहब के नेत्रों में आँसू छलछला आए, उन्होंने गद्गद कंठ से कहा, "मैंने धमकाया नहीं, केवल प्रार्थना की थी।"

इतना सुनकर ठाकुर साहब उठे और जिस कमरे में कालीप्रसाद सिंह छिपा हुआ था, उसके द्वार पर जाकर बोले, "कालीप्रसाद सिंह, बाहर आओ!"

कालीप्रसाद बाहर आ गया। ठाकुर साहब पुनः अपने स्थान पर आ बैठे। ठाकुर साहब ने उससे कहा, "बख्तावर तो कहता है कि प्रार्थना की थी, धमकाया नहीं था।"

कालीप्रसाद सिंह हाथ जोड़कर बोला, "अन्नदाता! अनिरुद्ध सिंह ने मुझसे यह कहा था कि यदि तुम चुप न बैठोगे और अधिक गड़बड़ करोगे तो तुम्हें मिट्टी में मिला दिया जाएगा। उसके ये शब्द थे, अन्नदाता!"

कुँवर साहब ने कहा, "उसने अपनी ओर से यह कह दिया होगा, मैंने उससे ऐसा नहीं कहा था।"

ठाकुर साहब बोले, "खैर, कुछ भी हो, यह बात अधिक महत्त्वपूर्ण नहीं है। देखो कालीप्रसाद सिंह, तुमने बिना मुझे सूचना दिए, बिना मुझसे पूछे अपनी कन्या का विवाह गुप्त रूप से मेरे लड़के के साथ करके लोक-व्यवहार के विरुद्ध काम किया, इसके लिए तुमको दंड मिलना चाहिए!"

"मैं दंड सहने को तैयार हूँ।"

"परंतु साथ ही तुमने केवल रुपए से संतुष्ट न होकर अपने आत्मगौरव का परिचय दिया है। तुम्हारी परिस्थिति में बहुत से लोग केवल धन पाकर ही संतुष्ट हो जाते, परंतु तुमने ऐसा न करके सच्चे क्षत्रियपन का परिचय दिया है, इस कारण मैं तुम्हारी कन्या को अपनी पुत्रवधू स्वीकार करता हूँ! परंतु तुमने जो अपराध किया है, उसका तुम्हें यह दंड दिया जाता है कि तुम अब मेरे जीवनकाल में अपनी कन्या का मुख नहीं देख सकोगे। अब अपनी कन्या को बुलाओ!"

कालीप्रसाद एक-दूसरे कमरे में चला गया, और जब वहाँ से बाहर आया तो उसके पीछे एक युवती थी। युवती की आयु अठारह-उन्नीस वर्ष की होगी, और देखने में बहुत रूपवती थी। उसकी गोद में एक बच्चा था।

ठाकुर साहब बोले, "अब तुम जाओ। आज से जब तक मैं जीवित हूँ, तब तक कभी यहाँ आने का साहस न करना।" अपनी कन्या से विदा हो लो।

कालीप्रसाद सिंह के नेत्रों से अश्रु बहने लगे। उसने हाथ जोड़कर कहा, "अन्नदाता की जय हो! आपने मेरे साथ न्याय किया।" इतना कहकर उसने कन्या के सिर पर हाथ फेरा, बच्चे को प्यार किया और एकदम कमरे से बाहर हो गया। युवती रोने लगी।

ठाकुर साहब ने एक बटन दबाया। दासी आकर उपस्थित हुई। बोले, "ठकुराइन को भेजो!"

थोड़ी देर पश्चात् प्रौढ़वयस्का ठकुराइन आईं। उन्होंने चकित नेत्रों से युवती की ओर देखा। ठाकुर साहब बोले, "क्या देखती हो, यह तुम्हारी पुत्रवधू है और इसकी गोद में जो बच्चा है, वह तुम्हारा पौत्र है।"

ठकुराइन अचकचाकर बोलीं, "मैं समझी नहीं।"

ठाकुर साहब ने संक्षेप में सब बता दिया और अंत में बोले, "यह अबला निर्दोष है। जब इसका विवाह हमारे लड़के के साथ हो चुका है, तब हमें इसे पुत्रवधू के रूप में ग्रहण करना ही चाहिए। जोरावर सिंह ने कभी अपने शत्रु के साथ भी अन्याय नहीं किया, तब एक अबला के साथ अन्याय कैसे करता। जाओ, इसे साथ ले जाओ।"

ठकुराइन बोलीं, "परंतु लड़के के ब्याह की बातचीत जो हो रही है, उसका क्या होगा ?"

"मेरे जीवन काल में अब बख्तावर का दूसरा विवाह नहीं हो सकता। जब इसने स्वयं अपना विवाह कर लिया तो मुझे इसका विवाह करने की क्या आवश्यकता है।"

ठाकुराइन ने युवती को अपने अंक में ले लिया और अंतःपुर की ओर ले चलीं। यद्यपि इस आकस्मिक पुत्रवधू प्राप्ति पर उनके मुख पर दुःख तथा क्षोभ का भाव था; परंतु साथ ही युवती का नखशिख और पौत्र की मनमोहक मूर्ति देख, दुःख तथा क्षोभ के भावों का कवच फाड़कर संतोष तथा आंतरिक प्रसन्नता के भाव प्रफुटित हो रहे थे।

□

गुण ग्राहकता

महाराज ने शराब का गिलास हाथ में उठाकर अपने सामने घुटनों के बल हाथ जोड़े खड़े हुए व्यक्ति पर दृष्टि डाली और व्यंग्यपूर्वक मुसकाराते हुए कहा, "क्यों, अपनी कन्या को हमारे महल में भेजने से तेरी अप्रतिष्ठा होगी?" इतना कहकर महाराज ने गिलास मुँह से लगाकर शराब पी और जब थोड़ी सी शराब गिलास में बच रही तो उस व्यक्ति के मुँह पर फेंक दी। शराब छप से उसके मुँह पर पड़ी, जिससे उसका सारा मुख मंडल तर हो गया और शराब की बूँदें मूँछों तथा दाढ़ी से टपक-टपककर उसके वक्ष-स्थल पर गिरने लगीं। यह देखकर महाराज ने कहकहा लगाया और बोले, "देख, तेरी दाढ़ी-मूँछ के मोती निकले जा रहे हैं!" कुछ क्षणों के लिए उस व्यक्ति का चेहरा लाल हो गया और जबड़ों में कुछ थोड़ी सी हरकत हुई, मानो वह भीतर-ही-भीतर दाँत पीस रहा हो। परंतु वह तुरंत ही पूर्ववत् गंभीर हो गया।

यह व्यक्ति अपनी वेशभूषा से कोई प्रतिष्ठित आदमी मालूम होता था। इसके शरीर पर मूल्यवान् रेशमी कपड़े और सिर पर सच्चे काम का सुंदर साफा था। उम्र में भी महाराज से बड़ा था। महाराज युवक थे और यह व्यक्ति अधेड़ था; क्योंकि इसके दाढ़ी-मूँछ के बाल खिचड़ी हो चले थे। इस दीनावस्था में होते हुए भी उसके मुख पर काफी रोब था।

महाराज ने गिलास मेज पर रख दिया, जिसे पीछे खड़ी हुई परिचारिका ने तुरंत भर दिया। महाराज ने नशे में झूमते हुए कहा, "क्यों, बोलता नहीं।"

वह व्यक्ति बोला, "नहीं दीनानाथ, आपके महलों में अपनी कन्या को भेजने से मेरी तनिक भी अप्रतिष्ठा नहीं होगी, परंतु उसमें एक कारण यह हो गया है कि मेरी कन्या की सगाई हो चुकी है।"

"सगाई हो चुकी है? सगाई हो चुकी है। क्यों हो चुकी है?"

वह व्यक्ति मौन रहा।

"क्यों हो चुकी है, बोल!"

"विवाह-योग्य हो चुकी है!" उस व्यक्ति ने कहा।

"हूँ! विवाह-योग्य हो चुकी है। तो तुझे बिना हमसे पूछे सगाई करने की क्या आवश्यकता थी! क्यों, इसे हमसे पूछे बिना सगाई करने की क्या आवश्यकता थी?"

अंतिम वाक्य महाराज ने शराब का कंटर हाथ में लिये हुए परिचारिका से कहा।

परिचारिका ने भयपूर्ण दृष्टि से महाराज की ओर देखते हुए कहा, "कोई आवश्यकता नहीं थी, अन्नदाता!"

महाराज बच्चों की तरह ताली बजाकर बोले, "हूँ! यह बात है! देखा, यह क्या कहती है! यह तुझसे अधिक समझदार है। यह एक साधारण नौकर, गुलाम है और तू जागीरदार है। फिर भी यह तुझसे ज्यादा समझ रखती है। क्यों रखती है या नहीं? बोल, जल्दी बोल!"

"हाँ अन्नदाता, आपका कथन सत्य है।"

जागीरदार ने घृणा के भाव को दबाते हुए कहा।

"बेवकूफ! गधा! तुझमें एक गुलाम जितनी भी समझ नहीं।"

इतना कहकर महाराज ने पुनः शराब का गिलास उठाया और एक घूँट पीकर रख दिया। इसके पश्चात् वे जागीरदार की ओर देख पागल की तरह मुसकाराते हुए बोले, "सगाई हो चुकी है! हा हा हा हा! गधा कहीं का! सगाई हो चुकी है तो क्या हुआ, ब्याह तो नहीं हुआ है। क्यों, ब्याह तो नहीं हुआ है? जब ब्याह नहीं हुआ है तो फिर क्या है?"

इस बार जागीरदार पुनः बोला, "परंतु तोड़ने से बड़ी अप्रतिष्ठा होगी, दीनबंधु!"

"अप्रतिष्ठा! कैसी अप्रतिष्ठा? जब वह हमारे महल में रहेगी, तब अप्रतिष्ठा कैसी? अप्रतिष्ठा होगी। बेवकूफ! अहमक! हा हा हा हा! अप्रतिष्ठा होगी!"

महाराज ने पुनः शराब के दो-तीन घूँट पिए।

बेचारा जागीरदार महाराज का मुँह ताकता रहा। उनकी बात का प्रतिवाद करने का उसमें साहस नहीं था।

महाराज पुनः बोले, "हम तेरी कन्या को अपने महल में प्रविष्ट करके तेरा मान बढ़ाते हैं, अन्यथा हमारे महल में सुंदरियों की कमी नहीं है। यह एक साधारण सेविका है, पर कितनी सुंदर है देख! क्या तेरी कन्या इससे अधिक सुंदर है?"

इतना कहकर महाराज ने परिचारिका की ओर उँगली उठाई। परिचारिका तरुणी तथा साधारण सुंदरी थी। जागीरदार ने परिचारिका पर एक दृष्टि डालकर सिर झुका लिया।

महाराज जागीरदार को देख-देखकर अपने ही आप हँसते रहे। तत्पश्चात् एकदम गंभीर होकर बोले, "तुझको एक सप्ताह की मोहलत दी जाती है। एक सप्ताह के अंदर अपनी कन्या को हमारे महल में भेज देना। समझा? एक सप्ताह के अंदर भेजना पड़ेगा। एक सप्ताह कितने दिनों का होता है, यह जानता है? सात दिनों का। सात दिनों के अंदर भेज देना, अन्यथा जानता है क्या होगा? तेरी कन्या जबरदस्ती महल में बुला ली जाएगी और तेरी जागीर जब्त करके तुझे देश-निकाला दे दिया जाएगा। यह हमारा आखिरी हुक्म है, जाओ।"

जागीरदार उठकर सीधा खड़ा हो गया। उसने महाराज को प्रणाम किया और उल्टे पैर चलकर कमरे के बाहर हो गया।

□

रात का समय था। जागीरदार बलवंत अपने मकान में अपनी पत्नी तथा छोटे भाई सहित चिंतितावस्था में बैठा था। अकस्मात् बलवंत सिंह का छोटा भाई जसवंत सिंह बोल उठा, "कुछ भी हो, परंतु चंदन को उस पिशाच के हाथों में सौंपना मैं किसी भी दशा में पसंद नहीं कर सकता।"

बलवंत सिंह बोला, "पसंद करने का तो प्रश्न ही नहीं है। क्या तुम समझते हो कि मैं इसे पसंद कर सकता हूँ? कदापि नहीं। परंतु इसका परिणाम भी तो सोचो। जागीर जब्त होगी और देश-निकाला दिया जाएगा।"

जागीरदार की पत्नी बोल उठी, "यह तो बड़ा अँधेर है, या तो अपनी कन्या दो, नहीं तो ये सब सहो।"

कुछ देर तक तीनों व्यक्ति मौन बैठे रहे। इसके पश्चात् बलवंत सिंह बोला, "आखिर तय क्या होना चाहिए?"

जसवंत सिंह बोला, "मेरी समझ में तो यह आता है कि जागीर-वागीर का मोह तो आप छोड़ दीजिए। अपने पास जो संपत्ति है, उसे लेकर चुपचाप यहाँ से निकल चलिए।"

"जागीर का मोह मुझे तनिक भी नहीं है। मेरे पास इतनी संपत्ति है कि कहीं भी बैठकर शेष जीवन सुख से बिताया जा सकता है; परंतु यहाँ से निकलें कैसे? महाराज के गुप्तचर अवश्य लगे होंगे और वे क्षण-क्षण का समाचार उनके पास पहुँचाते होंगे। ऐसी दशा में यहाँ से निकलना असंभव है।"

"यह कठिनाई तो अवश्य है।" बलवंत सिंह ने कहा।

"समय भी थोड़ा है, आज से केवल एक सप्ताह! यदि समय अधिक होता, तब भी कुछ हो सकता था। धीरे-धीरे सब प्रबंध हो जाता। परंतु इतना समय नहीं है।"

"तब तो फिर केवल एक उपाय है।" जसवंत सिंह ने आवेश के साथ कहा।

"वह क्या?" बलवंत सिंह ने पूछा।

"लड़की को जहर दे दिया जाए और यह मशहूर कर दिया जाए कि बीमार होकर मर गई।"

जागीरदार की पत्नी बोल उठी, "ना! ना! यह काम नहीं हो सकता। इससे तो अच्छा यही है कि उसे महाराज को दे दो, वहाँ सुख से तो रहेगी। मेरे एक लड़की है, मैं इस प्रकार नहीं मरने दूँगी।"

"उस शराबी और व्यभिचारी को तो मैं अपनी लड़की कदापि नहीं दूँगा, चाहे मेरा सर्वस्व चला जाए।" बलवंत सिंह ने दृढतापूर्वक कहा।

फिर कुछ क्षणों के लिए सन्नाटा छा गया।

जागीरदार की पत्नी मौन भंग करके बोली, "राजा को ऐसा नहीं होना चाहिए कि किसी की लड़की जबरदस्ती छीने।"

"इन खुशामदी जागीरदारों और मंसबदारों ने अपनी लड़कियाँ दे-देकर महाराज का स्वभाव बिगाड़ दिया। अब हम लोगों की लड़कियाँ छीनना, वे अपना अधिकार समझने लगे हैं।"

इसी समय कमरे का द्वार खुला और एक बाईस-तेईस वर्ष का नवयुवक कमरे में प्रविष्ट हुआ। उसको देखते ही बलवंत सिंह ने उत्सुकतापूर्वक पूछा, "कहो बेटा, क्या उत्तर लाए?"

युवक ने अपने सिर का रेशमी साफा उतारते हुए कहा, "उन्होंने तो इनकार कर दिया।"

"इनकार कर दिया।" बलवंत सिंह ने विस्मित होकर पूछा।

"हाँ, बोले, यदि और कोई बात हो तो मैं महाराज पर जोर डालता, पर इस मामले में मैं कुछ नहीं कर सकता।"

"चलो यह अंतिम अवलंब भी जाता रहा। जब प्रधानमंत्री कुछ नहीं कर सकता तो और किससे आशा हो सकती है।" बलवंत सिंह ने हतोत्साहित होकर कहा।

युवक अपनी माता की बगल में बैठता हुआ बोला, "मैंने फिर यह भी पूछा कि आप यह नहीं कर सकते तो कोई सलाह ही बताइए कि हम लोग क्या करें। इस पर वे बोले कि मैं तो यही सलाह दूँगा कि महाराज की बात मान लो।"

"बदमाश! हरामजादा! महाराज की बात मान लो। जैसा वह नीच है, वैसी ही सलाह भी दी। वह महाराज से कह क्या सकता है। उसका मुँह ही नहीं है, जो कुछ कह सके। वह स्वयं भी तो शराबी और व्यभिचारी है। कह तो वह सकता है, जो स्वयं बेलगाम हो। जो स्वयं चोर है, वह दूसरे से चोरी न करने को कैसे कह सकता है।"

"यही बात है।" जसवंत सिंह बोला।

"क्या बताएँ, कोई उपाय नहीं सूझता।" बलवंत सिंह ने अधीर होकर कहा।

जागीरदार की पत्नी बोली, "न हो चंदन की ससुरालवालों को खबर दो, शायद वे ही कोई उपाय निकालें।"

"वे कुछ नहीं कर सकते, उनका यहाँ कोई वश नहीं है।"

थोड़ी देर तक फिर मौन रहा, तत्पश्चात् एक दीर्घ निश्श्वास छोड़कर बलवंत सिंह ने कहा, "खैर, तब तक एक काम तो होना ही चाहिए।"

"वह क्या?" जसवंत सिंह ने उत्सुकतापूर्वक पूछा।

"तुम कुछ असबाब लेकर यहाँ से निकल जाओ।"

"कहाँ जाऊँ?"

बलवंत सिंह ने एक बड़े नगर का नाम बताकर कहा, "वहाँ जाओ, वहाँ मेरे एक मित्र हैं, उनकी सहायता से कोई मकान किराए पर ले लेना। तुम्हारे पीछे ही मैं रघुराज को भेजूँगा। इसके पश्चात् अवसर पाकर हम लोग भी पहुँच जाएँगे।"

"परंतु यदि गुप्तचरों को खबर लग गई ?"

"जब तक मैं, चंदन तथा उसकी माता के साथ यहाँ रहूँगा, तब तक उन्हें केवल तुम्हारे तथा रघुराज के बाहर जाने से कोई संदेह नहीं हो सकता।"

"खैर, आप अच्छी तरह सोच-समझ लीजिए। ऐसा न हो कि हम दोनों तो वहाँ पहुँच जाएँ और पीछे आप लोगों पर कोई मुसीबत आए।"

"नहीं, मैं कोई-न-कोई उपाय ऐसा निकाल लूँगा, जिससे यहाँ से निकल सकूँ। असबाब लेकर जाने में मुश्किल है। जब असबाब तुम दोनों के साथ चला जाएगा, तब हमें यहाँ से निकलने में अधिक कठिनाई नहीं पड़ेगी।"

"बहुत अच्छी बात है। तो मैं कब जाऊँ ?"

"कल दिन में सब ठीक-ठाक करके रात में चले जाना।"

□

जागीरदार बलवंत सिंह ने जसवंत सिंह तथा अपने पुत्र रघुराज सिंह द्वारा कुछ आवश्यक सामान भिजवा दिया। इस कार्य में चार दिवस व्यतीत हो गए। अब केवल तीन दिन शेष रह गए थे। आज के तीसरे दिन उन्हें चंदन का डोला महल में भेज देना चाहिए, अन्यथा महाराज की आज्ञा न मानने का परिणाम सहने के लिए तैयार रहना चाहिए।

रात का समय था। जागीरदार अपनी पत्नी सहित बैठा था। उसके मुख पर चिंता के गहरे भाव थे। पत्नी एक दीर्घ निश्श्वास छोड़कर बोली, "आज का दिन भी बीत गया समझो। कल का दिन बचा है, परसो जो भगवान् की मर्जी है, वह हो जाएगा।"

जागीरदार बोला, "बड़ी कठिन समस्या है। जान पड़ता है, जसवंत सिंह और रघुराज सिंह के जाने की बात महाराज को ज्ञात हो गई।"

"यह तुमने कैसे जाना ?"

"गुप्तचरों का जोर बढ़ गया है। अब तो रात में भी द्वार के आस-पास दो एक डटे ही रहते हैं।"

"तब तो निकलना कठिन है।"

"बहुत कठिन है। परमात्मा ही सहायता करें, तो यहाँ से निकलना हो सकता है।"

"और जो न निकल सकें तो क्या होगा?"

"उस समय मैंने जो सोच रखा है, वही होगा।"

"क्या सोच रखा है?"

"पहले चंदन को मारकर, फिर हम-तुम मर जाएँगे।"

पति की बात सुनकर चंदन की माता काँप गई। कुछ क्षणों तक सोचकर वह बोली, "हाँ, फिर यही करना होगा। सबसे अधिक चिंता रघुराज की थी, सो वह तो निकल ही गया। परमात्मा उसे चिरंजीव रखे, वह जीता रहेगा तो वंश का नाम चलता रहेगा।"

इतना कहते-कहते चंदन की माता के नेत्रों से अश्रुपात होने लगा।

बलवंत सिंह के भी नेत्र अश्रुपूर्ण हो गए। उसने गद्गद कंठ से कहा, "यही सोचकर तो मैंने उसे और जसवंत को यहाँ से निकाल दिया है। हमें अपनी परवाह नहीं है, हम पर चाहे जो बीते।"

"न जाने किस जन्म के पाप उदय हो गए।"

"मैंने तो अपनी समझ में कभी कोई पाप किया नहीं। जागीरदार और मनसबदार राजाश्रय पाकर प्रजा पर अत्याचार करते हैं। अभी एक महीना हुआ, एक जागीरदार ने दो किसानों को इतना पिटवाया कि वे दोनों मर गए। महाराज को खबर भी हुई, परंतु उन्होंने कुछ ध्यान नहीं दिया। वह जागीरदार महाराज के लिए अपनी बहन-बेटी तक हाजिर कर देता है, इसलिए उसके विरुद्ध शिकायत पर कभी भी महाराज ध्यान नहीं देते। मैंने तो किसी को भी कभी बेवजह तौर पर नहीं सताया, फिर भी महाराज मेरा सर्वनाश करने पर तुले हैं और यह केवल इसलिए कि मैं अपनी कन्या उन्हें नहीं देना चाहता। बस, इसके अतिरिक्त और मेरा क्या अपराध है? खैर, जो परमात्मा की इच्छा! इसी समय एक अष्टादश वर्षीया युवती, जो बहुत रूपवती थी, उसे देखकर जागीरदार ने पूछा, "क्यों चंदन क्या है?"

"पिताजी चपला बाँदी आपसे कुछ बात करना चाहती है।"

जागीरदार ने पूछा, "क्या बात करना चाहती है?"

"मुझे तो कुछ बताती नहीं।"

चंदन की माता बोल उठी, "अच्छा उसे भेज दे।" चंदन चली गई।"

जागीरदार बोला, "चपला को इस समय कौन सी बात करने की आवश्यकता पड़ी।"

"होगी कोई बात।"

"संभव है, उसे कोई समाचार मिला हो।"

"जो कुछ होगा मालूम हो जाएगा।"

इसी समय एक पच्चीस वर्षीया स्त्री कमरे में प्रविष्ट हुई और जागीरदार के सामने हाथ जोड़कर खड़ी हो गई।

जागीरदार ने भृकुटी चढ़ाकर पूछा, "क्या कहना चाहती है?"

"अन्नदाता मेरा अपराध क्षमा करें। मुझे आपके कष्ट का हाल मालूम हुआ है।"

"क्या मालूम हुआ है?"

"यही कि महाराज कुमारीजी का डोला माँगते हैं।"

"हाँ-हाँ तो फिर तुझसे क्या मतलब?"

बलवंत सिंह ने उसे संदेह की दृष्टि से देखते हुए पूछा।

"अन्नदाता, अपराध क्षमा हो, मेरी यह अर्ज है कि आप कुमारीजी का डोला कभी न दें।"

"न दें तो करें क्या? महाराज जबरदस्ती चंदन का डोला मँगवा लेंगे और साथ में हमारी जागीर जब्त कर लेंगे, घर लुटवा लेंगे और हमें देश-निकाला दे देंगे।"

"यह सबकुछ नहीं होगा, अन्नदाता।"

"कैसे नहीं होगा?"

"जो अन्नदाता मेरी बात मानें तो यह सबकुछ नहीं होगा। कुमारीजी का डोला भी नहीं देना पड़ेगा और आप सब भी बच जाएँगे।"

जागीरदार प्रसन्न मुख होकर बोला, "यदि ऐसा हो तो फिर क्या कहना है।"

"ऐसा ही होगा अन्नदाता। मैंने सब बात सोच ली है।"

"जो तू ऐसा कर दे चपला, तो तू हमारे नमक से अदा हो जाएगी। हम जन्मभर तेरा एहसान मानेंगे।"

"तो सुनिए अन्नदाता। मैं जैसा कहूँ, वैसा कीजिए, सब काम ठीक हो जाएगा।"

□

आज जागीरदार की मोहलत का अंतिम दिन था। प्रातःकाल होते ही महाराज ने नित्यक्रिया से निवृत्त होकर आज्ञा निकाली कि जागीरदार बलवंत सिंह तुरंत हाजिर किया जाए।

एक घंटे के भीतर जागीरदार बलवंत सिंह महाराज के सम्मुख उपस्थित किया गया। महाराज ने उससे कहा, "जागीरदार बलवंत सिंह, आज तुम्हारी मोहलत का आखिरी दिन है; यह तुम्हें याद है न?"

"याद है श्रीमान्!"

"तो तुम क्या करना चाहते हो? मुझे यह पता लगा था कि तुमने अपने लड़के और भाई को कहीं बाहर भेजा है।"

"कहाँ भेजा है?"

"लड़की की ससुराल भेजा है, अन्नदाता!"

"क्यों?"

"उनसे यह कहला भेजा है कि लड़की का रिश्ता नहीं होगा, सगाई तोड़ दी गई।"

महाराज के मुख पर कुछ क्षणों के लिए प्रसन्नता के चिह्न प्रस्फुटित हुए, परंतु वह तुरंत ही पूर्ववत् गंभीर होकर बोले, "हूँ, तो तुम्हारा क्या इरादा है?"

"श्रीमान् की आज्ञा-पालन करूँगा। श्रीमान् हमारे अन्नदाता हैं, हमारे रक्षक हैं, राजा हैं, माता-पिता हैं, श्रीमान् की आज्ञा यह दास कैसे टाल सकता है।"

"शाबाश बलवंत सिंह! तुम पूरे राजभक्त हो। हम तुम्हारा पद और जागीर बढ़ा देंगे।" महाराज ने मुसकराकर कहा।

"महाराज की इस सेवक पर कृपा-दृष्टि चाहिए। जागीर और पद की इस दास को इच्छा नहीं है। बड़े महाराज (वर्तमान महाराज के स्वर्गीय पिता) का दिया हुआ दास के पास सबकुछ है।"

"बड़े महाराज ने तो दिया ही है, पर हम भी तुम्हारा सम्मान करेंगे।"

"जैसी महाराज की इच्छा, जिसमें महाराज की प्रसन्नता हो, उसी में इस दास को भी प्रसन्नता है।"

"हाँ, तो आज सातवाँ दिन है।"

"हाँ, अन्नदाता आज सातवाँ दिन है। आज रात को अपनी कन्या का डोला महल में भिजवा दूँगा।"

"रात में क्यों?"

"सेवक के परिवार में ऐसा ही निश्चित हुआ है।"

महाराज कुछ क्षणों तक सोचकर बोले, "अच्छी बात है, रात ही को सही।"

"तो सेवक को आज्ञा हो, जिससे सब प्रबंध करके सेवक ठीक समय पर डोला भिजवाने में समर्थ हो।"

"अच्छा जाओ।"

जागीरदार चला गया। जागीरदार के चले जाने पर महाराज ने पास खड़े हुए एक सरदार से कहा, "गुप्तचरों को आज्ञा दे दो कि खूब कड़ी जाँच रखें। जब तक डोला महल में न आ जाए, तब तक बलवंत सिंह के द्वार पर से न हटें। 'जो आज्ञा' कहकर सरदार चला गया।

रात के नौ बजने का समय था। महाराज बड़ी बेचैनी के साथ बलवंत सिंह की कन्या के डोले की प्रतीक्षा कर रहे थे। सहसा एक सरदार के आगमन की सूचना पाकर उन्होंने उसे बुलाया और पूछा, "क्या समाचार है?"

"डोला बलवंत सिंह के घर से चल दिया है, श्रीमान्!"

"अच्छा, डोला आ जाए तो उसे महल के बाम भाग वाली कोठी में उतरवाया जाए।"

"जो आज्ञा!" कहकर सरदार विदा हुआ।

सरदार के चले जाने पर महाराज ने मुसकराकर मेज पर से शराब का गिलास उठाया और दो घूँट पीकर शराब पिलानेवाली परिचारिका से बोले, "हमारी आज्ञा टालने का साहस किसमें हो सकता है?"

"किसी में नहीं अन्नदाता!" परिचारिका ने मुसकराकर कहा।

"आज हम खूब पिएँगे। जितना तेरा जी चाहे पिला दे।" परिचारिका ने पुनः गिलास भर दिया।

एक घंटे पश्चात् महाराज को सूचना मिली कि डोला महल में निर्दिष्ट स्थान पर पहुँच गया।

महाराज तुरंत उठ खड़े हुए और लड़खड़ाते हुए चले। उन्हें सँभालने के लिए चार आदमी साथ थे।

उक्त स्थान पर पहुँचकर महाराज ने देखा कि जागीरदार की कन्या घूँघट निकाले बैठी है। उसके पीछे महल की दो दासियाँ खड़ी हैं।

महाराज चंदन कुमारी के सम्मुख कुछ दूर पर खड़े हो गए और एक दासी से कहा, "इसका घूँघट उलटो।"

एक दासी ने आगे बढ़कर धीरे से घूँघट उलट दिया। परंतु यह क्या! चंदन कुमारी के स्थान पर जागीरदार की चपला दासी। महाराज ने आँखें फाड़कर उसे ध्यानपूर्वक देखा और कहा, "यही चंदन कुमारी है? नहीं, नहीं। यह चंदनकुमारी कभी नहीं हो सकती। तू कौन है री?"

चपला ने मुसकराकर कहा, "मैं हूँ जागीरदार की बाँदी चपला।"

"हैं, बाँदी! धोखा! दगा!"

महाराज का चीत्कार सुनकर चार अस्त्र-शस्त्रधरी जवान अंदर घुस आए। महाराज दाँत पीसते हुए बोले, "इस हरामजादी को ले जाकर कत्ल कर दो और जागीरदार को गिरफ्तार करके अभी हमारे सामने हाजिर करो।"

चपला खड़ी हो गई और बोली, "महाराज! मैं तो मरने को तैयार होकर ही आई हूँ, यह देखिए…"

इतना कहकर चपला ने एक कटार निकालकर अपनी छाती में भोंक ली, तत्पश्चात् उसने कहा, "मेरे जीते-जी मेरे स्वामी की लड़की आप नहीं पा सकते थे। अब मैं अपने मालिक के नमक से अदा हो गई।"

इतना कहकर चपला गिर पड़ी।

महाराज कड़ककर बोले, "इस हरामजादी को छोड़ो, बलवंत सिंह को गिरफ्तार करके हाजिर करो।"

चपला ने सिर उठाकर कहा, "वह भी आपको नहीं मिलेंगे, अब तक तो वे न जाने कहाँ पहुँच गए होंगे। मेरा डोला इधर भेजने के पश्चात् ही वे वहाँ से रवाना हो गए। महाराज, मेरा अपराध क्षमा करें। मैंने अपने मालिक—आह!"

□

गरीब-हृदय

भाद्रपद की दोपहर का समय था। फूलपुर ग्राम के एक खेत में कुछ स्त्री-पुरुष काम कर रहे थे। इनमें से अधिकांश चमार जाति के थे। खेत के निकट ही कुछ दूरी पर एक महुए के वृक्ष की छाया में एक अधेड़ व्यक्ति बैठा तंबाकू मल रहा था। अकस्मात् खेत में से एक वृद्धा चमारिन निकलकर बस्ती की ओर चली। उसे जाते देखकर तंबाकू मलनेवाले ने पुकारा, "कहाँ जाती हो?"

वृद्धा कुछ ठिठककर बोली, "जरा पानी पी आऊँ, अभी आती हूँ।"

"आज तुम्हें बहुत प्यास लग रही है, क्या बात है?"

वृद्धा बोली, "क्या कहूँ भैया, तीन-चार दिन से जी अच्छा नहीं है, रात को बुखार हो आता है, जाड़ा बहुत लगता है। अन्न अच्छा नहीं लगता। पानी पीते-पीते दिन बीतता है।"

"ऐसी बात है तो एक डोल भर के खेत की मेंड़ पर रख लो, बार-बार गाँव जाती हो, काम का हरजा होता है।" उस व्यक्ति ने तंबाकू फटफटाते हुए कहा।

"कोई लाकर रख दे तो हो सकता है, मुझमें तो इतना बूता नहीं है, जो कुएँ से डोल भरकर यहाँ लाऊँ।" इतना कहकर वृद्धा चल दी।

"अबकी जितना पानी पीना हो, पी आना या डोल-कलसा भरवाकर ले आना। अब मैं नहीं जाने दूँगा।" वृद्धा चुपचाप चली गई।

वह व्यक्ति तमाखू फाँककर अपने आप ही बोला, "जब जी अच्छा नहीं है, तब मजूरी करने काहे को आई?"

इसी समय एक युवक उधर से निकला। उसने उस व्यक्ति की बात सुनकर पूछा, "किसका जी अच्छा नहीं है, ठाकुर!"

ठाकुर युवक की ओर देखकर किंचित् मुसकराते हुए बोला, "अरे भइया!

वही डायन है, मँहगुवा की अम्माँ। बुखार आता है, फिर भी मजूरी करने दौड़ी आई। सवेरे से दस दफे पानी पीने जा चुकी। हमारे काम का हरजा होता है, मजूरी मुफ्त की थोड़े ही देनी है। हम चाहते हैं, आज शाम तक खेत निका जाए।"

"कितने आदमी निका रहे हैं?"

"आठ आदमी हैं!"

"तब तो शाम तक हो जाना चाहिए।"

"होगा कैसे नहीं, न होगा तो मजूरी भी नहीं दूँगा।"

"इस बार तुम्हारी खेती अच्छी है, ठाकुर।"

"हाँ, अभी तो अच्छी हुई है, घर में कुछ आवे तब जानें। रब्बी क्या कुछ कम थी, पर पानी ने चौपट कर दी।"

"हाँ, यह तो ठीक बात है। कट-मड़कर खैरसल्ला से घर में आ जाए तो सब अच्छा है, नहीं तो कुछ भी नहीं।"

"खड़े काहे को, बैठ जाओ, किसी काम से जा रहे हो क्या?"

"नहीं काम तो कोई नहीं, ऐसे ही घूम-फिर रहा हूँ।"

"तो बैठो, हवा खाओ।"

युवक ठाकुर के सामने बैठ गया।

"तुम्हारे खेत तो सब निका गए।"

"हाँ, हमारा तो सब काम खत्म है, इसी से तो मस्त घूम रहे हैं।"

"हमारा काम भी दो-तीन दिन में हो जाएगा। आज यह खेत हो जाएगा। एक खेत और रह गया, सो परसों तक वह भी हो जाएगा।" अधेड़ व्यक्ति ने कहा।

इसी समय वृद्धा आती हुई दिखाई पड़ी। वह बहुत धीरे-धीरे आ रही थी। अधेड़ व्यक्ति बोला, "देखो, ससुरी कैसी जनवासी चाल चल रही है। जरा जल्दी पैर उठाओ चौधराइन। कुछ बताशे नहीं बिछे हैं, जो फूट जाएँगे।" पिछला वाक्य ठाकुर ने चिल्लाकर चौधराइन से कहा।

"बीमार तो मालूम होती है।"

"होगी ससुरी बीमार। हम तो पूरा काम लेंगे, तब मजूरी देंगे। बीमार थी तो मजूरी करने क्यों आई?"

"मजूरी न करे तो खाए क्या? घर की अकेली ठहरी, दूसरा कोई कमाने-धमाने वाला नहीं है।"

"भइया की बातें! इसके पास रकम है, पर कंजूस इतनी है कि बैठकर नहीं खा सकती।"

"रकम तो क्या होगी।"

"तुम मानते नहीं। गाँव में चाहे जिससे पूछ लो।"

"रकम है, तो इतनी तकलीफ क्यों सहती है?"

"मैंने बताया न कि कंजूस परले सिरे की है। प्राण दे देगी, परंतु बैठकर नहीं खाएगी।"

"होगी रकम, अपने को क्या करना है।"

इतनी देर में वृद्धा इन दोनों के निकट आ गई। युवक ने पूछा, "काकी, कुछ तबीयत खराब है क्या?"

वृद्धा बोली, "हाँ बेटा, चार दिन से रोज जूड़ी आ जाती है। अन्न चलता नहीं, पानी पी-पीकर दिन काटती हूँ।"

"जब तबीयत अच्छी नहीं है तो काम करने नाहक आई।"

"काम न करूँ तो बेटा खाऊँ क्या? गाँव में कोई रोटी का टुकड़ा देनेवाला तक नहीं है। क्या करूँ, भगवान् भी सुध नहीं लेते। चोला छूट जाए तो जंजाल से छुट्टी मिले।"

अधेड़ व्यक्ति बोला, "जंजाल काहे का? अकेला दम है, न बेटा, न बेटी। आगे नाथ न पीछे पगहा, फिर भी जंजाल!"

"बुढ़ापे में जब हाथ-पैर नहीं चलते और कोई रोटी देनेवाला नहीं होता तो अपना चोला ही जंजाल हो जाता है, भइया!"

इतना कहकर वृद्धा खेत के भीतर घुस गई।

युवक बोला, "तुम तो कहते हो, इसके पास रकम है। जिसके पास रकम होगी, वह इतनी तकलीफ कभी न उठाएगा।"

"अब तुम न मानो तो इसका क्या इलाज है?"

युवक थोड़ी देर तक बैठा रहा, तत्पश्चात् उठकर चल दिया।

□

सूर्यास्त का समय था। वही युवक शौच से निवृत्त होने के लिए गाँव के बाहर जा रहा था। सहसा उसके कानों में किसी के चीत्कार कर रोने का शब्द आया।

युवक ठिठक गया और कान लगाकर सुनने लगा। कुछ क्षणों तक सुनने पर अपने ही आप बोला, "यह तो चौधराइन काकी की आवाज है, जान पड़ता है कि ठाकुर से कुछ झगड़ा हुआ।" यह कहता हुआ युवक उसी ओर चला।

खेत के सामने पहुँचकर उसने देखा कि वृद्धा चौधराइन भूमि पर बैठी चीत्कार कर रो रही है। सामने वही अधेड़ ठाकुर और चार-पाँच अन्य मजदूर खड़े हैं। पास पहुँचकर युवक ने पूछा, "क्या हुआ काकी, काहे रोती हो?"

वृद्धा युवक को देखकर और उसका सहानुभूतिपूर्ण प्रश्न सुनकर और जोर से रोने लगी।

युवक ने ठाकुर से पूछा, "क्या मामला है, ठाकुर?"

ठाकुर कर्कश स्वर में बोला, "इसके कारण मेरा खेत आज रह गया। इसने दिनभर यों ही काटा, जरा भी काम नहीं किया। दोपहर को तुम्हारे सामने यह पानी पीकर कितनी देर में आई थी। तुम तो उस समय मेरे पास ही बैठे थे।"

वृद्धा रोना बंद करके आर्त स्वर में बोली, "बेटा मनोहर! मैंने दिनभर जी तोड़कर काम किया। ये सब देखनेवाले हैं, इनसे पूछ लो। हाँ, चार-पाँच बेर पानी पीने जरूर गई थी। यहाँ पानी नहीं मिला तो गाँव जाना पड़ा। यहाँ पानी का इंतजाम होता तो काहे को जाती। सो अब ठाकुर कहते हैं कि मजूरी नहीं मिलेगी। खेत बाकी रह गया तो उसका दोष मेरे ऊपर धरते हैं। खेत नहीं हुआ तो मैं क्या करूँ? कुछ मैं अकेली तो थी नहीं और सब लोग भी तो थे। मैं तो यहाँ तक कहती हूँ कि पानी पीने में सब मिलाकर घंटा-दो घंटा लगा होगा, सो दो घंटे मैं और काम कर दूँगी, पर खेत फिर भी नहीं होगा। मजूरी की मजूरी नहीं देते और ऊपर से तीन-चार थप्पड़ मारे। मैं अनाथ हूँ, इसलिए चाहे जो कोई मार-पीट ले, जो आज मेरे कोई होता तो ठाकुर की मजाल थी जो हाथ लगा लेते।"

इतना कहकर वृद्धा ने पुनः रोना आरंभ किया। ठाकुर बोले, "तेरा कोई होता तो क्या कर लेता? ससुरी फैल मचाती है।"

इतना कहकर ठाकुर ने एक थप्पड़ मारा और पुनः दूसरा मारने को हाथ उठाया ही था कि मनोहर ने लपककर ठाकुर का हाथ पकड़ लिया और कहा, "बस ठाकुर, बहुत हुआ, बूढ़ी और बीमार औरत को मारते हो। बड़े शरम की

बात है। और यह बेचारी ठीक तो कहती है, आज इसके कोई होता तो तुम इसे इस प्रकार पीट सकते थे?"

ठाकुर ने बिगड़कर कहा, "तुम क्यों बीच में टिपर-टिपर करते हो? तुमसे क्या मतलब?"

"मतलब क्यों नहीं है। यह अनाथ है तो क्या मार डालोगे? ऐसा अँधेर! आखिर कुछ तो काम किया है? दिनभर में आधे दिन तो किया है। आधे ही दिन की मजदूरी दो? एक तो मजूरी न देते हो और ऊपर से मारते हो।"

"इसकी वजह से हमारा खेत रह गया, नहीं तो आज हो जाता।"

"ऐसा नहीं हो सकता कि इसकी वजह से खेत रह गया। क्यों भई, क्या कहते हो, इसकी वजह से खेत रह गया?"

एक मजदूर बोला, "नहीं, सो बात तो नहीं है। खेत तो आज हो ही नहीं सकता था। यह कितना काम करती? पूरा काम करती तो बिसुआ, दो बिसुआ और हो जाता, पर खेत तो अभी चार-पाँच बिसुआ रह गया। इतना काम यह अकेले नहीं कर सकती थी।"

"हमने तो ठाकुर से बहुतेरा कहा भइया, पर ठाकुर नहीं मानते। यही कहते हैं कि इसकी वजह से खेत रह गया। अब बताओ, हम क्या करें?"

मनोहर ने कहा, "वाह, ठाकुर साहब! वाह! खूब न्याय किया। यह दो-चार दफे पानी पीने गई तो तुम्हें मजूरी दाब लेने का बहाना मिल गया। उचित तो यह था कि यदि इसने कुछ कम काम भी किया था तो पूरी मजूरी दे देते। यह गरीब है, अनाथा है। इसको यदि दो-चार पैसे फालतू भी दे दोगे तो कुछ गरीब नहीं हो जाओगे।"

ठाकुर बोले, "मेरे पास इतना फालतू पैसा नहीं है, जो हरामखोरों को खिलाऊँ। तुम बड़े दयावान हो तो तुम्हीं दे दो।"

"मुझे देना होगा तो तुमसे पूछने नहीं आऊँगा। अच्छा, अब उसे कुछ देते हो या नहीं?"

"न दूँगा तो क्या करोगे?"

"ठाकुर, अब अधिक बात मत बढ़ाओ, नहीं तो ठीक न होगा। चुपचाप इसकी मजूरी दे दो। घंटे-दो घंटे के दो-चार पैसे तुम्हें काटना हो तो काट लो, समझे?"

मनोहर ने आरक्त नेत्रों से उपर्युक्त वाक्य कहे। मनोहर यथेष्ट हृष्ट-पुष्ट था। ठाकुर साहब अधेड़ होने के साथ ही साथ दुबले-पतले थे। अतएव मनोहर से रार बढ़ाना उन्होंने उचित नहीं समझा। टेंट से दस पैसे निकालकर उन्होंने बुढ़िया के सामने भूमि पर फेंक दिए और कहा, "छह पैसे मैंने काट लिये।"

मनोहर ने घृणापूर्वक कहा, "ठीक है! काकी पैसे उठा लो और घर चलो, जो मिला सो सही।"

बुढ़िया पैसे उठाकर चली। साथ-साथ मनोहर भी चला। बुढ़िया बोली, "बेटा, ये पैसे तुम्हारी बदौलत मिले, नहीं ठाकुर एक पैसा भी न देते। भगवान् तुम्हें दूध-पूत से सुखी करें।"

मनोहर बोला, "काकी, अब जब तक जी अच्छा न हो, कहीं काम पर न जाना। रोटी की चिंता मत करना। मैं अपने घर से रोज भिजवा दिया करूँगा।"

वृद्धा ने अवाक् होकर कृतज्ञतापूर्ण छलछलाते हुए नेत्रों से मनोहर को देखा।

मनोहर बोला, "घर पहुँचा आऊँ?"

"नहीं बेटा, चली जाऊँगी। बड़ी दया की बेटा। गाँव में तो कोई बात पूछनेवाला भी नहीं है।"

वृद्धा आशीर्वादों की झड़ी लगाती हुई गाँव की ओर चली और मनोहर गाँव के बाहर की ओर।

□

मनोहर के विवाह के दिन निकट थे। विवाह की तैयारियाँ हो रही थीं। वृद्धा चमारिन उस दिन से इतनी बीमार हो गई कि फिर उठ न सकी। मनोहर उसकी खोज-खबर लेता रहता था। एक दिन संध्या समय एक चमार मनोहर को बुलाने आया। बोला, "चौधराइन ने आपको बुलाया है।"

मनोहर ने पूछा, "क्या हाल है?"

"हाल तो खराब है, भइया! अब अधिक नहीं चलेगी। हमें तो ऐसा मालूम होता है कि आज की रात पार होना ही कठिन है। आगे राम जाने।"

"अच्छा चलो, मैं आता हूँ।"

थोड़ी देर में मनोहर चौधराइन के पास पहुँचा। चौधराइन एक कोठरी में भूमि पर कथरी-गुदड़ी बिछाए पड़ी थी। सिरहाने पानी-भरा हुआ एक मैला-सा घड़ा

रखा था। एक कोने में चूल्हे के पास चार-पाँच लोहे और पीतल के बरतन रखे थे। चौधराइन बहुत दुर्बल और अशक्त हो गई थी। मनोहर ने उसके पास खड़े होकर पुकारा, "काकी!" बुढ़िया ने आँख खोलीं। आँखें फट गई थीं। मनोहर को देखकर उसने क्षीण स्वर में कहा, "बेटा मनोहर!"

मनोहर बोला, "हाँ, काकी! मैं हूँ। कैसा जी है?"

"अब तो बेटा चल-चलाव है। अच्छा है! भगवान् ने सुध ले ली। इस अंत समय में तुमने बड़ा साथ दिया बेटा। नहीं तो भूखी-प्यासी तड़प-तड़पकर मर जाती।"

मनोहर के नेत्रों में पानी भर आया। बुढ़िया दम लेकर पुनः बोली, "सुना है, तुम्हारा ब्याह होनेवाला है?"

"हाँ, काकी होनेवाला तो है।"

"बस, यही एक साध रह गई। तुम्हारी बहू का मुँह देखकर मरती तो अच्छा था, पर भगवान् की मरजी नहीं।"

बुढ़िया पुनः कुछ क्षणों तक दम लेकर बोली, "जहाँ इतना किया बेटा, वहाँ थोड़ा सा काम और कर देना।"

"बोलो!"

बुढ़िया ने अपना सिरहाना टटोलकर एक पोटली निकाली और मनोहर की ओर बढ़ाई। मनोहर ने पोटली लेकर कहा, "इसमें क्या है?"

"खोलकर देखो।"

मनोहर ने पोटली खोली। उसमें पंद्रह रुपए नकद तथा पैर के चाँदी के कड़े का एक टुकड़ा था। मनोहर ने पूछा, "इसे क्या करूँ?"

"पंद्रह रुपए हैं, इनमें मेरी किरिया-करम करा देना। इसी समय के लिए बचाकर रखे थे।"

"और यह कड़े का टुकड़ा?"

"इसे बेचकर अपनी बहू के पैरों का कोई गहना लेकर मेरी तरफ से मुँह दिखाई दे देना। साध तो यही थी कि मैं अपने हाथों देती, पर जैसी भगवान् की इच्छा।"

"इसकी क्या जरूरत है, काकी! मैं यह सब तुम्हारे ही काम में लगा दूँगा।"

"ऐसा न करना, बेटा! नहीं मेरी आत्मा दुःखी होगी। यह मैं जानती हूँ बेटा, कि भगवान् का दिया तुम्हारे पास सबकुछ है। मैं तुम्हें क्या दे सकती हूँ। मैं खुद तुम्हारे टुकड़े खा रही हूँ। पर बेटा, भगवान् ने भी सुदामा के तंदुल ले लिए थे। मेरे लिए तुम भी भगवान् का रूप हो। जिसके मन में दया-धर्म है, वह भगवान् का ही रूप है। सो बेटा, सुदामा के तंदुल समझकर इसे ले लो और बहू के पैरों का गहना लेकर मेरी तरफ से दे देना। बेटा! मैं नीच हूँ, तुम्हारी जूती हूँ, इससे तुम्हें मेरी बात अच्छी न लगती होगी, यह मैं जानती हूँ, पर बेटा क्या कहूँ, मेरी यह साध है। साध पूरी हो जाएगी तो आत्मा सुखी होगी।"

इतना कहते-कहते बुढ़िया की दम उखड़ गई और वह हाँफने लगी।

मनोहर ने अश्रुपूरित नेत्रों से गद्गद स्वर में कहा, "अच्छा काकी, जैसी तुम्हारी इच्छा। जैसा तुम कहती हो, वैसा ही करूँगा।"

"भगवान् तुम्हें दूध-पूत से सुखी रखें। अब मैं सुख से मरूँगी।"

कोठरी के बाहर आकर मनोहर ने उस चमार से, जो उसे बुलाने गया था, कहा, "देखो, आज रात में इसके पास रहना, हटना नहीं। आज रात पार होना कठिन है।"

उस रात में चौधराइन का देहांत हो गया। विवाह के कुछ दिनों उपरांत मनोहर अपनी पत्नी तथा चचाजात भाई के साथ एक पर्व पर शहर में गंगा-स्नान करने गया और उस कड़े के टुकड़े के बदले में उसने अपनी पत्नी के लिए पाजेब खरीद ली।

□

प्रतिशोध

रात के आठ बज चुके हैं। हिंदू होटल में काफी चहल-पहल है। होटल के कर्मचारी भिन्न-भिन्न मेजों पर बैठे हुए ग्राहकों की आज्ञा पालन में व्यस्त हैं। एक ओर कैबिनेट ग्रामोफोन रखा है और उससे सुरीली तान निकल रही है। इसी समय एक व्यक्ति होटल में आया। यह व्यक्ति सूट-बूट से लैस था, परंतु सिर पर हैट की जगह साफा बाँधे था। इसके मुख पर घनी दाढ़ी थी। यह व्यक्ति आँखों पर नीले रंग का चश्मा चढ़ाए हुए था। रात के समय और सर्दी की ऋतु में इसे नीले रंग का चश्मा लगाए देखकर कुछ कौतूहल हुआ। लोगों ने इसे जरा गौर से देखा।

यह व्यक्ति सीधा एक कोने में अलग रखी हुई मेज की ओर गया। यह मेज पूर्णतया खाली थी। नवागंतुक इसी मेज के पास बैठ गया और मेज पर रखी हुई उस दिन की भोजन-सामग्री का कार्ड देखने लगा। कुछ देर तक कार्ड देखने के पश्चात् उसने पुकारा, "ब्वॉय!" "हुजूर" कहकर एक सेवक सामने आया।

"देखो एक प्लेट आलू की टिकियाँ, चार टोस्ट और एक प्याला चाय!"

"और कुछ?" सेवक ने पूछा।

"और कुछ नहीं।"

सेवक रात के समय टोस्ट और चाय की फरमाइश पर कुछ विस्मय करता हुआ चला गया।

इधर नवागंतुक कोने में बैठा हुआ प्रत्येक आने-जानेवाले को ध्यानपूर्वक देख रहा था। थोड़ी देर में सेवक सब चीजें ले आया और मेज पर रखकर चला गया।

नवागंतुक प्रस्तुत चीजें खाने-पीने लगा, परंतु उसके चंचल नेत्र चारों ओर

घूम-घूम कर प्रत्येक व्यक्ति को देख रहे थे। उस व्यक्ति ने उक्त चीजें समाप्त करने में आधे घंटे से अधिक लगाया। उसके भोजन करने के ढंग से स्पष्ट हो रहा था कि उसका मुख्य उद्‌देश्य होटल में समय काटना है। जब सब चीजें समाप्त हो गईं तो उस व्यक्ति ने रुमाल से हाथ-मुँह पोंछकर अपनी जेब से सिगरेट-केस निकाला और सिगरेट पीने लगा। कुछ क्षणों पश्चात् सेवक ने आकर पूछा, "और कुछ लाऊँ?"

वह व्यक्ति बोला, "हाँ, बिल लाओ! सेवक प्लेटें लेकर चला गया। सेवक के आने के कुछ क्षणों पश्चात् ही होटल में दो आदमी आए। उनमें से एक पुरुष था और एक स्त्री। दोनों वेषभूषा से धनिक मालूम होते थे। पुरुष की आयु 30 वर्ष के लगभग होगी और स्त्री की 24-25 वर्ष के लगभग। पुरुष बिल्कुल क्लीन शेव्ड और गौर वर्ण का सुंदर पुरुष था और स्त्री का क्या कहना—वह तो परम सुंदरी थी। नीले रंग की साड़ी तथा नीले रंग का कामदार रेशमी जंपर उसके शुभ्र गौर वर्ण, मुख तथा गले को देदीप्यामान किए हुए थे। दोनों हमारे पूर्व परिचित नवागंतुक से कुछ दूर पर एक खाली मेज के निकट बैठ गए। नवागंतुक इन दोनों को देखकर चौंक पड़ा। इसी समय सेवक प्लेट पर बिल रखे हुए लाया और उसने बिल नवागंतुक के सामने पेश किया। नवागंतुक बोला—

"एक जिंजर।"

सेवक ने पूछा, "और कुछ?"

"और कुछ नहीं।"

सेवक बिल वापस ले गया। नवागंतुक बड़े ध्यान से उस जोड़े को देखने लगा। पुरुष कार्ड देख रहा था और पास खड़े हुए एक सेवक को ऑर्डर दे रहा था। बीच-बीच में स्त्री भी अपनी सम्मति प्रकट करती जाती थी। सेवक चीजें लाने चला गया।

इधर नवागंतुक का सेवक 'जिंजर' तथा बिल ले आया। नवागंतुक ने बिल चुकता किया और दो आने सेवक को दिए। सेवक सलाम करके चला गया। नवागंतुक जिंजर पीने लगा; परंतु उसका ध्यान उक्त स्त्री-पुरुष की ओर था।

सहसा स्त्री बोली, "होटल तो साफ-सुथरा है।"

पुरुष बोला, "हाँ, अच्छा है।"

इधर-उधर ताकते हुए स्त्री की दृष्टि नवागंतुक की ओर पड़ी। नवागंतुक ने स्त्री को अपनी ओर ताकते हुए देखकर अपना मुख दूसरी ओर घुमा लिया। स्त्री पुरुष से बोली, "देखो, सामने एक आदमी रंगीन चश्मा लगाए बैठा है। रात में रंगीन चश्मा!" इतना कहकर स्त्री ने मृदुहास किया। पुरुष नवागंतुक को देखकर बोला, "आँखें खराब होंगी, इसलिए रंगीन चश्मा लगाए है।"

"चाहे जो हो, परंतु इस समय यह चश्मा कितना भद्दा मालूम हो रहा है।" स्त्री ने कहा।

"और काली दाढ़ी के साथ होने से और भी खराब मालूम होता है।"

इसी समय सेवक उनकी भोजन-सामग्री ले आया। दोनों ने खाना आरंभ किया। नवागंतुक पुनः इन दोनों की ओर दृष्टि जमाकर धीरे-धीरे जिंजर पीने लगा।

बीस मिनट में दोनों ने भोजन समाप्त किया। तब तक नवागंतुक भी जिंजर 'चाटता' रहा। भोजन समाप्त करके पुरुष ने बिल अदा किया और एक सिगरेट सुलगाई। तत्पश्चात् वह स्त्री सहित उठकर चल दिया। इधर नवागंतुक भी उठकर रुमाल से मुँह पोंछता हुआ उनके पीछे-पीछे चला।

दूसरे दिन सवा आठ बजे रात को वही नवागंतुक फिर उक्त होटल में पहुँचा और उसी मेज के निकट आकर बैठ गया। सेवक के आने पर उसने पुनः आलू की टिकियाँ, टोस्ट और चाय का ऑर्डर दिया।

नवागंतुक के आने के पंद्रह मिनट पश्चात् ही उक्त जोड़ा भी आया और इस बार नवागंतुक के इतने समीप बैठा कि यद्यपि दोनों बहुत धीमे स्वर में बातें कर रहे थे, परंतु फिर भी उनकी बातें नवागंतुक को स्पष्ट सुनाई दे रही थीं। स्त्री कह रही थी, "जब तक यहाँ रहेंगे तब तक शाम का भोजन यहीं किया करेंगे। यहाँ भोजन स्वच्छ और स्वादिष्ट बनता है।"

"इसीलिए तो मैंने इस होटल को पसंद किया, अन्यथा यहाँ अनेक होटल हैं।"

"हिंदू होटल?" स्त्री ने पूछा।

"हाँ हिंदू होटल। उनका नाम हिंदू होटल नहीं है—हिंदू होटल तो इसी का नाम है, पर अन्य कई होटल भी केवल हिंदुओं के लिए ही हैं। हाँ, उनके नाम दूसरे-दूसरे हैं।

"होटल की प्रथा बड़ी अच्छी है, इनसे परदेशियों को बड़ा आराम मिलता है।"

"बेशक, होटल न होते तो हम लोगों को हलवाइयों की पूरियाँ खानी पड़तीं।

"अरे राम! मैं तो यदि दो दिन लगातार पूरियाँ खाऊँ तो बीमार पड़ जाऊँ।"

"तुम्हीं क्यों, मैं भी तो नहीं खा सकता। और मेरा खयाल यह है कि ऐसे आदमी बहुत ही थोड़े होंगे, जो कई दिन तक केवल बाजार की पूरियाँ खाकर स्वस्थ रह सकें।" इसी समय उनका भोजन आ गया और वे दोनों भोजन करने लगे।

आधे घंटे पश्चात् उक्त दोनों प्राणी चले गए; परंतु आज नवागंतुक उनके पीछे न जाकर वहीं बैठा रहा। सेवक उनका बिल लाया। बिल चुकाकर उसने सेवक से पूछा, "मैनेजर साहब कहाँ हैं?"

"दफ्तर में हैं। क्यों? क्या कोई शिकायत है?"

"नहीं शिकायत कुछ नहीं। उनसे कुछ बातें करनी हैं।

"तो दफ्तर में चलिए।"

नवागंतुक उठ खड़ा हुआ और सेवक के पीछे-पीछे चला। दफ्तर के द्वार पर पहुँचकर सेवक ने कहा, "आप ठहरिए, मैं पहले पूछ लूँ।" यह कहकर सेवक भीतर चला गया और कुछ क्षणों के पश्चात् वापस आकर बोला, "जाइए।"

नवागंतुक ने दफ्तर में प्रवेश किया। मैनेजर ने एक कुरसी की ओर इशारा करके कहा, "बैठिए!"

नवागंतुक कुरसी पर बैठकर बोला, "इस होटल के मालिक आप ही हैं।

"जी हाँ, फरमाइए!"

"आप यह होटल बेचेंगे?"

मैनेजर ऐसा प्रश्न सुनने के लिए बिल्कुल प्रस्तुत न था। वह कुछ क्षणों के लिए अवाक् होकर नवागंतुक का मुँह ताकने लगा।

नवागंतुक मैनेजर का भाव समझकर बोला, "क्यों, आपको आश्चर्य क्यों हुआ?"

मैनेजर सँभलकर व्यंग्यपूर्वक बोला, "मुझे जरा भी आश्चर्य नहीं हुआ। मैं केवल यह सोच रहा था कि आप में यह होटल खरीदने की सामर्थ्य भी है या नहीं।"

"यदि सामर्थ्य न होती तो मैं ऐसा प्रश्न ही न करता।"

"क्या हुआ, लोग बहुत सी बातें सामर्थ्य के बाहर करने का प्रयत्न करते हैं।"

"मैं उन लोगों में नहीं हूँ। यह विश्वास रखिए।"

"बड़ी खुशी की बात है।"

"हाँ तो अब बताइए। यदि आप बेचें तो मैं खरीदने को तैयार हूँ।"

मैनेजर मुसकराकर बोला, "इस होटल के मूल्य का अनुमान शायद आपने नहीं लगाया।"

"मुझे अनुमान लगाने की क्या आवश्यकता है। आप जो कहेंगे, वही मूल्य होगा।"

अब मैनेजर अपने आश्चर्य को न छिपा सका। वह बोला, "आप बड़े विचित्र आदमी जान पड़ते हैं। आप होटल लेकर क्या करेंगे?"

"इससे आपको क्या मतलब? मैं कुछ भी करूँ। आपको जब कीमत मिल जाएगी, तब आपकी बला से मैं इसे कायम रखूँ या इसमें आग लगा दूँ।"

"ऐसी बात है?" मैनेजर विचार-सागर में गोते खाते हुए बोला।

"हाँ, ऐसी ही बात है।"

"आप कीमत नहीं दे सकेंगे!"

"इससे भी आपको कोई मतलब नहीं। मैं कीमत दे सकूँगा, तभी तो होटल पाऊँगा।"

मैनेजर मुसकराकर बोला, "मैं एक बात कहूँगा। उस पर आपको कुछ बोलने का अधिकार न होगा।"

"ऐसा ही सही।" नवागंतुक बोला। मैनेजर ने गंभीरतापूर्वक कहा, "बीस हजार!"

नवागंतुक बोला, "बीस हजार! इतना अंधेर! जबकि होटल की इमारत किराए की है।"

मैनेजर बोला, "मैंने पहले कह दिया था कि मैं जो कीमत कहूँगा, उस पर आपको कुछ कहने का अधिकार न होगा।"

"हाँ-हाँ, अच्छा मुझे तो लेना ही है, चाहे जो माँग लो।" इतना कहकर

नवागंतुक ने भीतरी जेब से चमड़े का एक बड़ा बटुआ निकाला। उसमें से उसने हजार-हजार रुपए के बीस नोट निकालकर अपने सामने मेज पर रख लिए और कहा, "रसीद लिखिए।"

मैनेजर का चेहरा फीका हो गया। वह लड़खड़ाती हुई जिह्वा से बोला, "अरे, आपने तो सचमुच ही रुपए निकालकर रख दिए, मैं तो मजाक समझता था।"

"मजाक की ऐसी-तैसी! मेरा-आपका क्या मजाक? अपरिचित लोगों से मजाक करने का मेरा स्वभाव नहीं है। लिखिए, रसीद लिखिए!"

"परंतु···।"

नवागंतुक बोल उठा, "अरंतु-परंतु को जेब ही में रखिए और रसीद लिखिए। भले आदमियों की एक जबान होती है। मैं भी इसलिए सात-आठ हजार की चीज के बीस हजार दे रहा हूँ।"

मैनेजर ने मुसकराकर कागज-कलम उठाया। "रसीद किस नाम से होगी?" मैनेजर ने पूछा।

"मेरे नाम से। मेरा नाम मंगल सिंह है।"

मैनेजर रसीद लिखने लगा।

□

मंगल सिंह हिंदू होटल का मालिक हो गया।

नियमानुसार वही जोड़ा भोजन करने के लिए आया। दोनों एक खाली मेज के निकट बैठे। पुरुष कार्ड उठाकर देखने लगा। परंतु आज स्त्री के मुख पर गहरी उदासी थी। वह मूर्तिवत् चुपचाप बैठी थी। आज उसकी दृष्टि इधर-उधर न जाकर केवल मेज पर लगी हुई थी। पुरुष ने कार्ड देखकर पूछा, "क्या खाओगी?"

स्त्री ने कोई उत्तर न दिया। वह मेजपोश को उँगली से खरोंचने लगी। पुरुष ने पुनः पूछा, "क्या मँगाया जाए?" स्त्री बोली, "मैं कुछ न खाऊँगी। मुझे भूख नहीं है।"

"खाया क्या है, जो भूख नहीं है।"

"मार खाई है, और क्या खाया है।" स्त्री नेत्रों से आँसू भरकर बोली।

"वह तो तुम्हारे भाग्य में लिखा है। मैं मजबूर हूँ।"

मुझे मेरे घर पहुँचा दो। मेरे भाग्य में जो लिखा होगा, वह होगा।"

"मैं क्यों पहुँचा दूँ, तुम्हारी इच्छा हो तो स्वयं चली जाओ।"

"लाने के लिए तुम थे और चली मैं अपने आप जाऊँ।"

पुरुष कुछ कहने ही वाला था कि उसने देखा कि लोगों का ध्यान उसकी ओर लगा हुआ है। यह देखकर उसने पुकारा, "ब्वॉय!"

"हुजूर!" कहकर एक सेवक सामने आ खड़ा हुआ।

पुरुष ने तीन-चार चीजों का नाम बताकर कहा, "जल्दी लाओ!"

ब्वॉय सीधा मैनेजर के दफ्तर में पहुँचा। मैनेजर की कुरसी पर मंगल सिंह बैठा था। उसके सामने पहुँचकर ब्वॉय ने कहा, "वह जोड़ा आ गया है।"

"अच्छा।" कहकर मंगल सिंह चैतन्य हो गया। "और कोई खास बात?" मंगल सिंह ने पूछा।

"आज दोनों में कुछ झगड़ा हुआ है। मैं जरा दूरी पर खड़ा था, इससे बातें तो साफ सुनाई नहीं पड़ी, परंतु यह साफ मालूम हुआ कि कुछ झगड़ा हुआ है।"

"अच्छा, उससे जाकर कहो कि यदि वह किसी एकांत स्थान में बैठना चाहे तो प्रबंध हो सकता है। जो वह यह बात स्वीकार कर ले तो उसी कमरे में ले जाकर बैठाओ, जिसे मैंने आज ठीक कराया है और मुझे इत्तला देना।"

"जो हुक्म" कहकर ब्वॉय सीधा उस पुरुष के पास पहुँचा। उसे खाली हाथ आते देखकर वह व्यक्ति कुछ अप्रसन्न होकर बोला, "लाए नहीं!"

ब्वॉय अत्यंत नम्रतापूर्वक बोला, "मैं यह पूछने आया हूँ कि अगर हुजूर कोई एकांत जगह चाहें तो इंतजाम हो सकता है।"

"एकांत जगह? क्या जरूरत है?" परंतु स्त्री की ओर देखकर उसने तुरंत कहा, "अच्छा, एकांत जगह में ले चलो।"

"आइए।" कहकर ब्वॉय चला।

पुरुष उठ खड़ा हुआ। स्त्री भी अनिच्छा से उठकर पुरुष के पीछे हो ली।

ब्वॉय दोनों को एक जीने द्वारा ऊपर ले गया। वहाँ अनेक कमरों के सामने, जिनमें लोग बैठे शराब-कबाब उड़ा रहे थे, होता हुआ ब्वॉय दोनों को एक कमरे में ले गया। इस कमरे में एक मेज और चार-पाँच कुरसियाँ पड़ी थीं। मेज पर

बीचोबीच में एक गुलदार, जिसमें ताजा गुलदस्ता लगा हुआ था, रखा था। उसी के पास एक अंग्रेजी ढंग का नकमदान रखा हुआ था। इस कमरे में दो द्वार थे। एक तो वह द्वार था, जिससे ये लोग अंदर आए थे और दूसरा ठीक उसके सामने दूसरी ओर था। यह द्वार बंद था।

पुरुष कुरसी पर डट गया और बोला, "यह जगह बिल्कुल ठीक है।" स्त्री भी पुतली की तरह एक दूसरी कुरसी पर बैठ गई। पुरुष बोला, "जब जगह ठीक मिली है, तब थोड़ी चुस्की भी लग जाए तो क्या हर्ज है।"

इतना कहकर वह ब्वॉय से बोला, "ब्वॉय दो पेग ब्रांडी और सोडा।"

"कौन सी ब्रांडी लाऊँ ?"

"एक्शा नंबर दो।"

पुरुष को शराब के लिए ऑर्डर देते देख स्त्री के मुख पर एक भय के चिह्न उत्पन्न हुए। ब्वॉय चला गया।

ब्वॉय पहले सीधा मंगल सिंह के पहुँचा और बोला, "हुजूर, सब ठीक है। उसी कमरे में बिठा आया हूँ। हाँ, आज उसने दो पैग ब्रांडी भी माँगी है।"

"जरूर पहुँचाओ। दो नहीं, बल्कि तीन पैग कर देना।"

"जो हुक्म" कहकर ब्वॉय चला गया। इधर मंगल सिंह उठ खड़ा हुआ और दफ्तर के एक दूसरे द्वार से, जिस पर परदा पड़ा हुआ था, चला गया।

ब्वॉय ने शराब तथा अन्य सामान पहुँचाया। सामान मेज पर रखकर वह बाहर आया और जिस द्वार से वह प्रविष्ट हुआ था, उसके किवाड़ धीरे से उसने ओढ़का दिए। भीतर की ओर द्वार पर परदा पड़ा था, इसलिए उसे किवाड़ ओढ़काते न तो पुरुष ने देखा और न स्त्री ने। केवल कुछ शब्द सुना। ब्वॉय ने किवाड़ बंद करके अपनी जेब से चाभी निकाली और बाहर से ताला बंद कर दिया।

इधर वह पुरुष शराब का गिलास हाथ में लेकर बोला, "लो, जरा सी चुस्की लगाओ, अभी सब सुस्ती दूर हो जाएगी।"

स्त्री बोली, "बस, तुम्ही सुस्ती दूर करो। मेरी सुस्ती तो अब चिता पर दूर होगी।"

"चिता पर दूर होगी ? हाँ-हाँ, चिता में शराब से अधिक गरमी है।"

इतना कहकर उसने कहकहा लगाया। स्त्री ने घृणापूर्वक मुँह फेर लिया।

□

पुरुष धीरे-धीरे शराब पीता रहा और भोजन करता रहा। स्त्री मुँह दूसरी ओर किए बैठी थी। उसके मुख पर घृणा तथा दुःख के स्पष्ट चिह्न विद्यमान थे। वह रह-रहकर ठंडी साँसें ले रही थी। सहसा पुरुष ने पूछा, "ये ठंडी साँसें किसकी याद में ली जा रही हैं?"

स्त्री ने कोई उत्तर न दिया।

पुरुष बोला, "मंगल सिंह याद आ रहा है क्या?" स्त्री मौन रही। वह व्यक्ति बोला, "मंगल सिंह के बाप को भी पता न होगा कि तुम कहाँ हो।"

इसी समय कमरे का दूसरा द्वार जो अभी तक बंद था, अकस्मात् खुल गया और कोई व्यक्ति यह कहता हुआ अंदर आया, "मंगल सिंह के बाप को चाहे पता न हो, परंतु मंगल सिंह तो तुम्हारे साथ ही साथ है।" यह कहता हुआ मंगल सिंह उस व्यक्ति के सम्मुख आकर खड़ा हो गया। इस समय मंगल सिंह के मुख पर दाढ़ी नहीं थी, और न आँखों पर चश्मा ही था। मंगल सिंह को देखते ही उस व्यक्ति के मुख से निकला, "हैं!" और उसका चेहरा श्वेत पड़ गया। इधर स्त्री मंगल सिंह से लिपटकर बोली, "बचाओ! बचाओ! इस पिशाच से मेरी रक्षा करो।"

मंगल सिंह बोला, "पिशाच! मैं तो समझा था कि आशा देवी किसी देवता के साथ भागी है।" इतना कहकर मंगल सिंह ने स्त्री को अपने से अलग कर दिया। स्त्री उसके बगल में खड़ी होकर रोने लगी। मंगल सिंह उस व्यक्ति से बोला, "क्यों शीतल प्रसाद! तुमने आशा से विवाह तो अवश्य ही कर लिया होगा?" इतनी देर में शीतल प्रसाद ने अपने को सँभाल लिया था। वह किंचित् मुसकराकर बोला, "सगाई तो तुमसे हुई है। मैं विवाह कैसे कर सकता हूँ। तुम्हारी चीज तुम्हें मुबारक हो। मैं तो इससे स्वयं आजिज आ गया हूँ।"

"अच्छा तो क्या तुम इसे त्यागते हो?"

"खुशी से, और तुम दोनों को आशीर्वाद देता हूँ कि आजीवन प्रेमपूर्वक रहकर फलो-फूलो।"

"परंतु शीतला प्रसाद तुम्हें शायद यह नहीं मालूम है कि गीदड़ के मुँह का

उगला हुआ शिकार सिंह कभी ग्रहण नहीं करता।"

"परंतु सिंह का शिकार गीदड़ कैसे ले भागा?" शीतला प्रसाद व्यंग्यपूर्वक बोला।

"कभी-कभी ऐसा हो जाता है। जब शिकार अपनी जान बचाने के लिए सिंह के मुँह से छूटकर भागता है, तब वह गीदड़ को मिल जाता है।"

मंगल सिंह आशा देवी से बोला, "मेरे साथ सगाई हो चुकने पर भी तुम इसके साथ भाग आई हो। अब तुम्हें इसी के साथ रहना चाहिए।"

"नहीं! नहीं! मैं इसके साथ एक क्षण भी नहीं रह सकती। मैंने जो पाप किया है, उसके लिए मैं सब प्रकार के दंड सह सकती हूँ, परंतु इसके साथ कदापि नहीं रहूँगी, यह मनुष्य नहीं राक्षस है।"

"राक्षस समझकर ही तो तुम मेरे साथ चली आई थीं। क्यों न?"

"बस चुप रहो!" मंगल सिंह ने शीतला प्रसाद को डाँटा।

शीतला प्रसाद कुछ भयभीत होकर अप्रतिभ हो गया। परंतु फिर सँभलकर बोला, "यह गीदड़-भपकी!"

"अभी पता लग जाएगा कि यह गीदड़-भपकी है या क्या है। आशा देवी, तुम क्या चाहती हो?"

"इस पिशाच के चंगुल से छुड़ाकर अपने चरणों में शरण दो।"

इतना कहते हुए आशा देवी ने बैठकर मंगल सिंह के चरण पकड़ लिये।

मंगल सिंह पीछे हटकर बोला, "इन चरणों का तुमने तिरस्कार किया, इसलिए अब इन चरणों में तुम्हारे लिए स्थान नहीं है। हाँ, इस राक्षस के चंगुल से तुम छूट जाओगी, क्योंकि इसके पंजे से तुम्हें छुड़ाने के लिए ही मैं तीन महीने से तुम लोगों की तलाश में हूँ। आगरा में तुमको देखा। वहाँ से तुम्हारे पीछे-पीछे यहाँ आया।"

इतना कहकर मंगल सिंह जिस द्वार से आया था, उसकी ओर देखकर बोला, "लाओ।" उसके यह आवाज देते ही एक सेवक एक तश्तरी में दो गिलास रखे हुए लाया। दोनों गिलास लाल रंग के पदार्थ से भरे हुए थे। सेवक गिलास मेज पर रखकर चला गया। मंगल सिंह बोला, "शीतला प्रसाद! विदा होते समय हम-तुम एक साथ एक-एक गिलास पिएँ।"

"क्या शराब है ?" शीतला प्रसाद ने पूछा।

"शराब तो मैं पीता नहीं, शरबत है।"

"अच्छी बात है, लाओ।" यह कहकर शीतला प्रसाद ने गिलास उठा लिया। दूसरा गिलास मंगल सिंह ने उठा लिया।

मंगल सिंह बोला, "हमारे तुम्हारे बीच में जो कटुता उत्पन्न हो गई है, आशा है, इस शरबत से यह सदैव के लिए दूर हो जाएगी। इसके पश्चात् जब हम-तुम मिलेंगे तो शुद्ध हृदय से मिलेंगे।"

इतना कहकर शीतला प्रसाद ने गिलास वाला हाथ ऊपर उठाकर कहा, "मंगल सिंह! आपकी तंदुरुस्ती का जाम!" इतना कह शीतला प्रसाद शराब पी गया। मंगल सिंह अपना गिलास हाथ ही में लिये खड़ा रहा।

परंतु शीतला प्रसाद शरबत पीते ही चिल्लाकर बोला, "ओ क्या!" इतना कहते हुए उसने अपना गला पकड़ा, उसके मुँह पर असंवेदना के भाव उत्पन्न हुए। वह उठकर खड़ा हो गया। कुछ क्षणों में डगमगाकर सँभलने की चेष्टा करता हुआ वह धम से भूमि पर गिर पड़ा।

आशा देवी घबराकर बोली, "यह क्या ?" मंगल सिंह बोला, "राक्षस का अंत और तुम्हारी मुक्ति।" इतना कहकर उसने जेब से एक लिफाफा निकाला और उसे मेज पर रखकर बोला, "इसमें दो हजार के नोट हैं और इस होटल का हिबानामा तुम्हारे नाम का है, मैंने यह होटल तुम्हारे नाम कर दिया है।"

"और तुम ?"

"मैं! मैं भी जाता हूँ। मेरा काम खत्म हो गया, मेरे जीवन का उद्देश्य आज पूरा हो गया। अब इस संसार में मेरे लिए कोई आकर्षण नहीं रहा।"

इतना कहकर मंगल सिंह ने अपना गिलास जल्दी से पी डाला। शरबत लेने के दो मिनट पश्चात् ही मंगल सिंह भी निर्जीव होकर गिर पड़ा।

□

भाग्य-चक्र

शाम के समय अपने एक मित्र के साथ में घूमने निकला। घर से निकलते ही मेरे मित्र ने प्रश्न किया, "किस ओर चलोगे?"

"चाहे जिधर चलो! अपना उद्देश्य तो केवल टहलना है।" मैंने उत्तर दिया।

"अच्छा तो आओ आज ''' घाट चलें।" मित्र ने कहा।

जिस घाट का नाम मित्र महोदय ने लिया वह गंगा का एक घाट है। वैसे तो गंगा-तट पर अनेक घाट हैं, परंतु उक्त घाट अन्य घाटों की अपेक्षा अधिक रमणीय तथा शांत है। वहाँ अधिक भीड़-भाड़ नहीं रहती—विशेषकर संध्या समय।

मैंने भी मित्र का प्रस्ताव पसंद किया और हम दोनों उसी ओर चले।

थोड़ी दूर चलकर सहसा मित्र महोदय बोल उठे, "सुनते हैं, उस घाट पर एक साधु आए हुए हैं।"

"आए होंगे। गंगा का तट है, अनेक साधु आते रहते हैं।"

"हाँ, साधु-संन्यासी तो बहुत आते रहते हैं, परंतु इनकी लोग बड़ी प्रशंसा करते हैं। सुना है कि ये किसी से कुछ माँगते-वाँगते नहीं, पढ़े-लिखे आदमी हैं। अंग्रेजी जानते हैं; उर्दू-हिंदी का भी काफी ज्ञान है।"

"संभव है। चल तो रहे ही हैं, उनकी भी नब्ज देखेंगे। वैसे साधु-संन्यासियों पर अपने राम की अधिक श्रद्धा-भक्ति नहीं रहती।"

"हाँ, ढोंगी बहुत आते हैं। अच्छा साधु तो कभी बरसों में कोई दिखाई दे जाता है।"

"यह भी आजकल एक पेशा हो गया है।"

"चाहे जो हो; परंतु एक बात तो अवश्य माननी पड़ेगी। रँगे कपड़ों का रोब पड़ता है। किसी संन्यासी को कषाय वस्त्र पहने देखकर कुछ आतंक सा अनुभव

होता है। चाहे वह ढोंगी हो, चाहे धूर्त।"

"यह संस्कार की बात है। हम लोगों के संस्कार बाल्यकाल से ऐसे पड़ जाते हैं। हमको यह शिक्षा दी जाती है, साधु-संन्यासी पहुँचे हुए लोग होते हैं। वे कृपालु हो जाएँ तो निहाल कर दें, क्रुद्ध हो जाएँ तो अनिष्ट कर डालें। इसलिए संन्यासियों को देखकर सबसे पहले हमारे हृदय पर उनका आतंक छा जाता है। और यही बात हम लोगों के ठगे जाने का कारण भी होती है।"

इसी प्रकार की बातें करते हुए हम लोग उक्त घाट के निकट पहुँच गए। घाट के एक कोने पर एक मंदिर था और स्नानार्थियों के विश्राम के लिए तीन-चार कमरे बने हुए थे। इसी ओर कुछ भीड़-भाड़ दिखाई पड़ी। मित्र महोदय बोले, "यह भीड़ उन्हीं संन्यासी के कारण है, अन्यथा यहाँ इस समय इतने आदमी कभी नहीं रहते।"

"भगवान् जाने हम लोगों को कब बुद्धि आएगी। जहाँ किसी साधु-महात्मा को पाया, बस समझने लगते हैं कि परमात्मा आ गया है।"

"यह भी वही संस्कार है, जिसका वर्णन तुम अभी कर चुके हो। लोग समझते हैं कि साधु-महात्मा उनके कष्ट दूर कर देंगे, उनकी इच्छा पूर्ण कर देंगे। इसलिए आते हैं।"

थोड़ी दूर और चलने पर हम दोनों उक्त स्थान के बिल्कुल निकट पहुँच गए। अब स्पष्ट दिखाई पड़ने लगा। एक तख्त पर एक संन्यासी बैठा हुआ था, नीचे पक्के फर्श पर चटाइयाँ पड़ी थीं, उन चटाइयों पर कुछ स्त्री-पुरुष बैठे हुए थे। हम लोग निकट जाकर कुछ दूरी पर खड़े हो गए।

संन्यासी की आयु तीस-बत्तीस से अधिक नहीं थी। गौर वर्ण, दोहरा बदन, परंतु कुछ कृशता लिये हुए। मुख पर शिक्षा तथा अनुभव का गांभीर्य, परंतु उसके साथ ही कुछ विषाद भी था। जब वह मुसकराता था तो उक्त विषाद और भी स्पष्ट हो जाता था। उस मुसकराहट में प्रसन्नता के पुट का अभाव था। हम लोग खड़े-खड़े उसकी बातें सुनने लगे। वह कह रहा था, "आप लोग मेरे पास क्यों दौड़-दौड़कर आते हैं? मेरे पास कुछ नहीं है। मैं आपकी कोई भी सेवा नहीं कर सकता, कोई हित नहीं कर सकता।"

एक महाशय बड़ी भक्तिपूर्वक हाथ जोड़कर बोले, "आपका उपदेश ही हमारे लिये सबकुछ है।"

"वह भी मेरे पास नहीं है। मैं तो स्वयं ऐसे आदमी की खोज में हूँ, जो मुझे कुछ उपदेश दे। मैं भला किसी को क्या उपदेश दूँगा। फारसी की एक कहावत है—'ओ ख्वेशतन गुमस्त केरा रहबरो कुनद।' जो खुद रास्ता भूला हुआ है, वह दूसरों को रास्ता क्या बता सकता है।"

एक अन्य महोदय बोले, "महात्मा लोग ऐसी ही बातें किया करते हैं।"

"मैं तो महात्माओं के पैरों की धूल भी नहीं हूँ, भाई! तुम लोग मुझे न जाने क्या समझ रहे हो।"

उसकी बातें सुनकर मैंने मित्र से धीमे स्वर में कहा, "या तो वह सचमुच अच्छा आदमी है और या फिर परले सिरे का धूर्त है। जो पक्के धूर्त होते हैं, वे अपने प्रति लोगों की श्रद्धा-भक्ति बढ़ाने के लिए आरंभ में ऐसी बातें किया करते हैं।"

सहसा उसने हम लोगों की ओर घूमकर देखा। हम लोगों की कानाफूसी का स्वर शायद उसने सुन लिया, यद्यपि समझना असंभव था। हम लोगों को देखकर उसने मुसकराते हुए कहा, "आप लोग खड़े क्यों हैं, आइए बैठिए।"

बैठने की इच्छा न होते हुए भी हम लोग उसका निमंत्रण अस्वीकार न कर सके। चुपचाप जूते उतारकर एक ओर चटाई पर जा बैठे।

कुछ देर तक हम दोनों को ध्यानपूर्वक देखने के पश्चात् उसने पूछा, "आप लोग यहीं के रहनेवाले हैं?"

मित्र महोदय झट बोल उठे, "जी हाँ!"

कुछ क्षणों तक मौन होकर वह हम लोगों को देखता रहा। ऐसा जान पड़ता था, मानो वह हमारा अध्ययन कर रहा है। अपने राम मन में बोले, "चाहे जितना गौर से देखो, हम लोगों को समझना सरल नहीं है। हम लोग भी बड़े पहुँचे हुए हैं।" कुछ क्षणों के पश्चात् संन्यासी ने हम दोनों की जाति पूछी है। वह भी हम लोगों ने बता दी। फिर व्यवसाय पूछा, उसका भी समुचित उत्तर दे दिया गया। अब संन्यासी हमीं लोगों से बातें करने लगा। अन्य लोगों ने जब देखा कि उनकी ओर संन्यासी ध्यान ही नहीं देता, तब वे एक-एक, दो-दो करके खिसकने लगे और थोड़ी देर में केवल हम दोनों तथा एक अन्य व्यक्ति रह गया।

□

दूसरे दिन संध्या समय हम लोग फिर उसी संन्यासी के पास पहुँचे। मेरे मित्र

महोदय संन्यासी से प्रभावित हो गए थे और उनकी यह धारणा हो गई थी कि वह बना हुआ तथा ढोंगी संन्यासी नहीं है, यद्यपि मुझे अब भी संदेह था।

आज उक्त संन्यासी के पास अधिक लोग नहीं थे, केवल दो सज्जन बैठे हुए थे। इनमें से एक तो कोई बीस-बाईस वर्ष का नवयुवक था और दूसरा चालीस-बयालीस वर्ष का प्रौढ़। हम लोगों को देखते ही संन्यासी ने मुसकराकर हम लोगों का स्वागत किया और बड़े आदरपूर्वक बैठाया।

हम लोगों के बैठने के पश्चात् संन्यासी उस प्रौढ़ व्यक्ति से बोला, "संसार में कभी-कभी साधारण तथा बहुत छोटी बात का परिणाम भी बड़ा भयानक हो जाता है। इसलिए मनुष्य को बहुत सावधान रहना चाहिए। आपका यह पुत्र अभी नौजवान है, इसे तजुरबा नहीं है। क्यों भई! तुम क्यों अपने पिता को कष्ट पहुँचाते हो?"

नवयुवक बोला, "महाराज, मैं तो कभी कष्ट नहीं पहुँचाता है। यही जरा-जरा सी बात को लेकर तिल का ताड़ बनाया करते हैं।"

"मैं कहता हूँ कि छोटी-छोटी बातों का परिणाम भी बड़ा भयानक हो जाता है। क्या तुम सोच सकते हो कि एक बहुत ही साधारण घटना के कारण आज तक एक व्यक्ति घर-द्वार-विहीन है, जबकि केवल सालभर पहले अर्थात् आज ही कल के दिनों में वह एक सुखी गृहस्थ था। उसकी पत्नी थी, पुत्र था, नौकरी थी, आशाएँ थीं, महत्त्वाकांक्षाएँ थीं। क्या नहीं था! सब विलीन हो गया। पलक झपकते ही सबकुछ बदल गया और पिछला सुखमय जीवन केवल एक कहानी मात्र रह गया। और यह सब हुआ एक ही साधारण बात के कारण।

मेरे मित्र बोल उठे, "यह किसका जिक्र है?"

"किसी का है, पर है बिल्कुल सच्ची घटना। सुनोगे?"

"सुनाइए! ऐसी घटना तो अवश्य सुनेंगे।"

"सुनो।" कहकर संन्यासी कुछ क्षण मौन होकर सोचता रहा, तत्पश्चात् बोला, एक व्यक्ति था। वह एक बैंक में सवा सौ रुपए मासिक वेतन पाता था। उसकी पत्नी सुंदर तथा सुशील थी। एक दस बरस का पुत्र था। उसका जीवन बड़ा सुखमय था। उसका जीवन देखकर बड़े-बड़े धनिकों को ईर्ष्या होती थी, वह स्वयं अपने सामने बड़ों-बड़ों की हस्ती कुछ नहीं समझता था। उसका विचार था कि

जो सुख-शांति तथा निश्चिंतता उसे प्राप्त है, वह लखपतियों को भी नसीब नहीं। पार साल की बात है। उसकी पत्नी गर्भवती थी। प्रसव-काल निकट आ रहा था, अतएव उसने उस समय अपनी सेवा-शुश्रूषा के लिए अपनी बड़ी विधवा भगिनी को अपने पास बुला लिया था। उसकी बड़ी बहन उससे केवल तीन वर्ष बड़ी थी और उससे सुंदर भी कुछ अधिक थी।

विधवा को आए हुए पंद्रह दिन बीत चुके थे। एक दिन उस व्यक्ति ने केवल परिहास करने के अभिप्राय से अपनी पत्नी से कहा, "तुमने अपनी बहन को यहाँ बुलाकर ठीक नहीं किया।" पत्नी ने कहा, "क्यों?" उसने उत्तर दिया, "तुम्हारी बहन जवान है और सुंदर। कहीं ऐसा न हो कि मेरी तबीयत···।" इतना कहकर जोर से हँसा। पत्नी ने पति पर एक तीव्र दृष्टि डाली और 'हूँ' कहकर गंभीर हो गई।

इसके तीन-चार दिन पश्चात् रात के बारह बजे के निकट उस व्यक्ति को शौच जाने की आवश्यकता पड़ी। उस समय उसकी पत्नी तथा पुत्र दोनों सो रहे थे। उसने अपनी पत्नी को जगाना उचित न समझकर अपनी साली को जगाया और उसने कहा, "मैं पाखाने जा रहा हूँ, तुम एक लोटा पानी हाथ-मुँह धोने को रख आना।" यह कहकर वह शौच चला गया। जब वह पाखाने से निकला, उसी समय उसकी साली पानी लेकर पहुँची और लोटा रखकर लौट गई। उसके पश्चात् ही जब वह व्यक्ति भी हाथ-मुँह धोकर भीतर पहुँचा तो उसने सुना, उसकी साली अपनी बहन से कह रही थी, "उन्हें पानी देने गई थी, पाखाने गए थे।" पत्नी यह सुनकर एकदम मौन हो गई। इस विचार से कहीं उसकी पत्नी को कोई और संदेह न हो, उसने कहा, "मैंने तुम्हें जगाना उचित न समझा, तुम गहरी नींद में सो रही थीं।"

पत्नी ने धीमे स्वर में कहा, "अच्छा किया।"

दूसरे दिन उसकी पत्नी दिनभर गंभीर रही, मानो किसी गहरे विचार में थी। रात में उसने पति से कहा, "मेरा विचार है कि मैं माँ के पास चली जाऊँ। वहाँ ठीक रहेगा। यहाँ ठीक न रहेगा।" पति ने पूछा, "क्यों? ठीक क्यों न रहेगा?" पत्नी बोली, "पहले जब मुन्नू हुआ था, तब तो सासजी थीं। उन्हें सब अनुभव था। जीजी को अनुभव नहीं है। उनके कोई बच्चा नहीं हुआ तो अनुभव कहाँ से हो।

इससे वहीं ठीक रहेगा। वहाँ माँ है, वह सब जानती-बूझती है।" पति ने कहा, "यह बात थी तो तुमने जीजी को बुलाया ही क्यों?" पत्नी बोली, "हाँ, यह भूल हुई। उस समय मुझे इस बात का ध्यान भी नहीं आया था। खैर, आ गईं तो क्या हुआ। यहाँ इतने दिनों रह लीं, जी बहल गया।"

उस व्यक्ति ने कहा, "हाँ, यह तो ठीक है। परंतु तुम्हारे वहाँ चले जाने से मुझे तो बड़ा कष्ट हो जाएगा।"

पत्नी बोली, "कष्ट काहे का। खाली खाने-पीने का कष्ट होगा, सो महीने-दो महीने के लिए ब्राह्मण रख लेना, अधिक-से-अधिक मुझे दो महीने लगेंगे।" पति ने समझ लिया कि उसकी पत्नी को उसके तथा उसकी साली के संबंध में कुछ संदेह हो गया है। वैसे तो चाहे न भी होता; पर वह व्यक्ति एक दिन स्वयं हँसी-हँसी में कह चुका था कि तुमने अपनी बहन को बुलाकर ठीक नहीं किया। इसलिए पत्नी को संदेह होना स्वाभाविक ही था। यह सोचकर पति अधिक कुछ न कह सका। क्योंकि उसे भय हुआ कि कहीं अधिक कहने से उसकी पत्नी का संदेह दृढ न हो जाए कि जीजी को यहाँ रखने के लिए ही मायके नहीं भेज रहे हैं। यह सब सोच-समझकर पति ने कहा, "जैसा तुम उचित समझो, परंतु मेरी समझ में वहाँ जाने की कोई आवश्यकता नहीं है।" पत्नी बोली, "आवश्यकता है। मेरा जाना कई कारणों से आवश्यक है। समझे? तुमने स्वयं कहा था कि जीजी को यहाँ बुलाना ठीक नहीं हुआ।"

पति बोला, "अरे, वह तो मजाक था।"

पत्नी ने मुसकराकर कहा, "और मैं चाहती हूँ कि वह मजाक ही रहे, इसीलिए मायके जा रही हूँ। यहाँ रहने से संभव है, वह कोरा मजाक न रह सके।" वह व्यक्ति चुप हो गया। उसने कहा, "जैसी तुम्हारी इच्छा!"

पत्नी के मायके जाने की सब तैयारी हो गई। वह व्यक्ति बोला, "तुम्हारे साथ जाने के लिए कैसा क्या होगा, मुझे तो छुट्टी मिलना कुछ कठिन है। वैसे आवश्यकता तो कुछ नहीं है। कुल पाँच घंटे का सफर है, और दिन का सफर है। यहाँ तुम्हें गाड़ी में बिठा दूँगा। तुम्हारे भाई को तार दे दूँगा। वह वहाँ स्टेशन पर आ जाएगा।"

पत्नी बोली, "ठीक है। गाड़ी कहीं बदली नहीं जाती। पहले भी एक दफा ऐसे जा चुकी हूँ। किसी के साथ जाने की आवश्यकता नहीं है।"

यह निश्चित होने पर पति ने अपने साले को स्टेशन पर आने के लिए तार दे दिया, और सवेरे दस बजे की गाड़ी पर अपनी पत्नी, लड़के तथा साली को बिठा दिया। जिस समय ट्रेन छूटी, उस समय एक क्षण के लिए उसके मन में सहसा यह बात उठी कि 'उसने पत्नी को भेजकर गलती की।' पर दूसरे क्षण ट्रेन स्टेशन के बाहर हो चुकी थी। अब मैं आपसे पूछता हूँ कि इस घटना में आपको कोई असाधारण बात मिलती है।

मैं बोल उठा, "इसमें तो कोई बात नहीं, बिल्कुल मामूली बात है।"

"और यह बात भी आप मानेंगे कि उस व्यक्ति ने जो अपनी पत्नी से परिहास किया था, वह भी मामूली बात थी।" संन्यासी ने कहा।

"बिल्कुल! ऐसा बहुधा होता है। यद्यपि इसे कुरुचिपूर्ण परिहास कहते हैं।"

"कुरुचि और सुरुचि की बात छोड़िए। प्रश्न तो केवल यह है कि यह कोई ऐसी बात नहीं थी, जिसका कोई भीषण परिणाम होता।"

"नहीं, जब वह मायके चली गई तो किसी भी भीषण परिणाम की संभावना नहीं रही। हाँ, यदि वह रहती तो संभव था कि जो बात परिहास में कही गई थी, वह सच हो जाती। उस दशा में कोई असाधारण परिणाम होना संभव था।"

संन्यासी ने अपने नेत्र बंद कर लिये। कुछ क्षणों तक वह मौन रहा। इसके पश्चात् उसने नेत्र खोले। उसके नेत्र लाल हो गए थे और उनमें तरी आ गई थी। उसने किंचित् गद्गद कंठ से कहा, "वह दिन पति-पत्नी, पुत्र तथा साली की भेंट का अंतिम दिन था। उसके बाद आज का दिन है। उस व्यक्ति की उन लोगों से भेंट नहीं हुई।"

मैं विस्मित होकर बोल उठा, "क्यों, क्या हुआ ?"

"जिस गाड़ी से वे गए थे, वह गाड़ी स्टेशन के पास लड़ गई और तीनों की मृत्यु हो गई। पार साल एक ट्रेन लड़ी थी। शायद आप लोगों ने समाचार-पत्रों में पढ़ा होगा।"

मैं बोल उठा, "मुझे याद है। उसमें बहुत से मनुष्य हताहत हुए थे।"

"वही! उसका पति ट्रेन लड़ने का समाचार पाकर उनकी तलाश में गया; पर कोई पता न लगा। ट्रेन लड़े 36 घंटे हो चुके थे और सब लाशें ठिकाने लगा दी गई थीं। रेलवेवाले लाशों का पता नहीं लगने देते—लोग कहते हैं। कुछ भी हो।

उस दिन से वे लापता हो गए और वह व्यक्ति केवल एक साधारण परिहास के कारण पत्नीहीन, पुत्रहीन होकर संसार में अकेला रह गया। यदि वह उक्त परिहास न करता तो उसकी पत्नी को मायके जाने की कोई आवश्यकता न पड़ती। इस प्रकार एक साधारण सी बात के कारण एक व्यक्ति का सबकुछ चौपट हो गया।

हम लोग स्तब्ध रह गए। संन्यासी अपने नेत्रों को पोंछता हुआ बोला, "यह संसार बड़ा विचित्र है। यहाँ फूँक-फूँककर पैर रखना चाहिए। कब क्या हो सकता है, यह कोई नहीं कह सकता।"

मेरा मित्र एक दीर्घश्वास छोड़कर मुझसे बोला, "तुम कहानी लेखक हो, परंतु एक साधारण परिहास के कारण एक मनुष्य का इस प्रकार सर्वनाश हो सकता है, यह तुम भी न सोच पाए होंगे।"

मैंने कहा, "ठीक कहते हो। मैं यह कभी न सोच पाता। इसलिए तो कहा जाता है कि सत्य घटनाएँ कहानियों से अधिक विचित्र होती हैं। आजकल कुछ कूपमंडूक जो अपने अनुभव और अपनी देखी-सुनी बातों के अतिरिक्त जब कोई अद्‌भुत तथा विचित्र बात सुनते हैं तो वे कह देते हैं—यह तो अस्वाभाविक है। ऐसा तो कभी होता नहीं। वे यदि सत्य घटनाओं की विचित्रता देख पाएँ तो उन्हें पता लगे कि संसार में क्या-क्या हो सकता है और होता है।"

□

संन्यासी नवयुवक की ओर मुँह करके बोला, "बच्चा, तुम अभी नासमझ हो! तुम जिसे ठीक समझते हो, वह बिल्कुल गलत भी हो सकता है। तुम जिसे छोटी बात समझते हो, वह बड़ा विकराल रूप भी धारण कर सकती है। इसलिए जो तुम्हारे पिता कहते हैं, उसे सुनो और समझो। इनका अनुभव तुमसे कहीं बढ़ा-चढ़ा है। ये जो कहेंगे उसके अनुसार चलने से तुम्हें लाभ ही होगा, हानि नहीं। जाओ, ईश्वर तुम्हें सुबुद्धि दे।"

वे दोनों प्रणाम करके चले गए। मेरी उत्सुकता अभी शांत नहीं हुई थी। मैंने संन्यासी से पूछा, "उस व्यक्ति का क्या हुआ?"

संन्यासी कुछ क्षणों तक सिर झुकाए बैठा रहा, तत्पश्चात् सिर उठाकर बोला, "उसने नौकरी छोड़ दी, संन्यासी हो गया और इस समय आप लोगों के सामने बैठा है।"

"हाँ, मुझ पर ही बीती है। पार साल इन्हीं दिनों मैं एक गृहस्थ था और आज संन्यासी हूँ। कल क्या होगा! यह मैं नहीं जानता; क्योंकि यद्यपि मैं संन्यासी हो गया हूँ; पर हृदय में शांति नहीं, हृदय में एक भट्ठी सी चल रही है और पिछली स्मृतियाँ उस भट्ठी में ईंधन का काम करके उसे प्रज्वलित किए हुए हैं। मैंने दुःख के आवेग में बिना सोचे-समझे संन्यास तो ले लिया; पर इसका निर्वाह कर सकूँगा या नहीं, इसमें संदेह है। हृदय की ज्वाला शांत हो, तब कुछ कहा जा सकता है। भगवान् जाने यह कब और कैसे शांत होगी। मेरी स्वयं यह दशा है; लोग मेरे पास अपनी दुःख-गाथा लेकर आते हैं और मुझसे वे आशा रखते हैं कि मैं उनका दुःख दूर कर सकता हूँ, उनकी मनोकामना पूर्ण कर सकता हूँ। दुर्भाग्य के इस व्यंग्य को देखकर कभी-कभी मैं पागल हो जाता हूँ और यही इच्छा होती है कि आत्महत्या कर लूँ।"

हम लोगों को उस पर बड़ा तरस आया। हम जिसे महात्मा या ढोंगी के अतिरिक्त और कुछ नहीं समझ रहे थे, वह क्या निकला। एक महादुःखी और हतभाग्य प्राणी, जो अपने दुर्भाग्य तथा अपनी आंतरिक ज्वाला को गेरुए वस्त्रों में इस प्रकार छिपाए घूम रहा है कि लोग उसके पास सुख और शांति प्राप्त करने की इच्छा से आते हैं। आह! संन्यासी ने ठीक ही कहा, दुर्भाग्य का यह व्यंग्य किसे सहन हो सकता है।

हम लोगों ने उसके प्रति बड़ी संवेदना और सहानुभूति प्रकट की, "हमारे योग्य कोई सेवा हो तो बताइएगा" कहकर चले आए।

तीसरे दिन जब हम लोग फिर उससे मिलने गए तो वह वहाँ नहीं था। गंगापुत्र ने बताया कि वह आज सवेरे चला गया।

□

एक वर्ष पश्चात् मैं ट्रेन में सफर कर रहा था। एक स्टेशन पर कोट-पैंटधारी जेंटलमैन मेरे कंपार्टमेंट में आया। उसके हाथ में अटैची केस था। कुली ने उसका सामान मेरे ही बर्थ के ऊपर वाले बर्थ पर रख दिया। कुली को पैसे देकर वह रुमाल से मुँह पोंछता हुआ मेरे सामने बैठ गया। सहसा मैं चौंक पड़ा। मुझे ऐसा मालूम हुआ कि मैंने उसे कहीं देखा है। मैं उसे ध्यानपूर्वक देखने लगा। मुझे अपनी ओर ताकते देखकर उसने भी मुझे गौर से देखा और देखकर बोला

"ओहो! आप हैं! कहिए सब आनंद-मंगल!" अब मुझे भी याद आ गया। यह व्यक्ति वही संन्यासी था। मैं विस्मित होकर बोला "ऐं, आप! यह क्या काया-पलट है?"

उसने होंठों पर उँगली रखकर मुझे चुप रहने का संकेत किया। मैं चुप हो गया। कुछ क्षणों तक चुप रहने के बाद वह मेरे पास खिसक आया और धीमे स्वर में बोला, "मैंने आप लोगों से कहा था कि जब तक मेरे हृदय की ज्वाला शांत न हो जाए, तब तक मैं यह नहीं कह सकता कि मैं अपने संन्यास का निर्वाह कर सकूँगा या नहीं। आप लोगों से उस दिन बातचीत होने पर मैं रात भर बेचैन रहा। मेरा जी वहाँ से उचाट हो गया। अतएव मैं दूसरे दिन सवेरे ही वहाँ से चल दिया। छह महीने तक इधर-उधर फिरता हुआ मैं एक गाँव में पहुँचा, क्योंकि शहरों से मेरा जी ऊब गया था। शहरों में या तो लोग मुझे महात्मा समझकर मेरा आदर-सत्कार करते और मुझसे ऐसी बातों की आशा रखते थे, जो मेरे फरिश्ते भी न कर सकें या फिर धूर्त और ढोंगी समझकर तिरस्कार करते थे। इसलिए मैंने एक गाँव में डेरा डाला। वहाँ एक बुड्ढा मेरा बड़ा भक्त हो गया। उससे भी मैंने अपनी दुर्भाग्य-गाथा सब कह दी थी। वह मुझे अपने घर में ले गया और उसने मुझे अपने ही पास रखा। उसकी एक 20-22 साल की कन्या थी, जिसका विवाह वह धनहीनता के कारण नहीं कर सका था। पहले-पहल वह मेरे पास यही पूछने आया था कि वह अपनी कन्या का विवाह कब कर सकेगा। मैंने उसे संतुष्ट करने के लिए कह दिया था कि एक साल के अंदर ही हो जाएगा। इससे वह मेरा बड़ा भक्त हो गया और मुझे अपने पास हठ करके ले गया, अन्यथा पहले मैं गाँव के बाहर एक टूटे-फूटे मंदिर में पड़ा रहता था।

"कुछ दिन बुड्ढे के पास रहने पर मुझे ज्ञात हुआ कि जब मैं उसकी कन्या को देखता हूँ तो मुझे ऐसा मालूम होता है कि मेरे हृदय की ज्वाला पर शीतल पानी की धार सी पड़ जाती है और कुछ क्षणों के लिए मेरे हृदय में ठंडक सी पड़ जाती है। वह कन्या बड़ी सुंदर, भोली और सुशील थी। उसको देखकर नेत्र तथा हृदय दोनों को सुख मिलता था और मेरे उजड़े तथा अंधकारमय संसार में बसंत ऋतु के प्रभात का आभास सा मिलता था। क्रमशः उसने मुझे अपने प्रेमपाश में

इस प्रकार जकड़ लिया कि मैं अपना पिछला सब दुःख भूल गया और मुझे यह मालूम होने लगा कि मेरे भावी जीवन की सफलता तथा असफलता इस कन्या पर ही निर्भर है।

अंत में एक दिन वह बुड्ढा अपने आप ही बोला, "तुम्हारी उम्र अभी संन्यास लेने की नहीं थी। तुमने दुःख और किंकर्तव्यविमूढ होकर बिना सोचे-विचारे संन्यास ले लिया। मेरी समझ में तो तुमने यह अच्छा नहीं किया। अभी समय है। तुम फिर संसार में प्रविष्ट हो सकते हो।"

मैंने मानो प्राण पाए। मैंने बुड्ढे का हाथ पकड़कर अधीरतापूर्ण स्वर में कहा, "तुम मेरे सच्चे हितैषी हो, वह मैं भलीभाँति जानता हूँ। मुझे सदैव के लिए पक्का संन्यासी अथवा एक सुखी गृहस्थ बना देना तुम्हारे ही हाथों में है। बोलो, क्या कहते हो, क्या चाहते हो?"

"मैं चाहता हूँ कि तुम संसार में सुखी रहो।" बुड्ढा बोला।

"सच्ची भावना है?" मैंने पूछा।

"बिल्कुल सच्ची।"

"तो अपनी कन्या मुझे दे दो। संन्यासी को भिक्षा दे रहे हो, यह समझकर दो, या एक अभागे का भाग्य पलट रहे हो, यह समझकर दो। किसी भी तरह दो, मैं उसे अपनी अर्धांगिनी बनाने को तैयार हूँ। मेरे आहत हृदय के लिए यही मरहम है, मेरे हृदय की आग बुझाने के लिए यही शीतल जल है। बोलो, क्या कहते हो? मेरे भाग्य का फैसला तुम्हारे ही हाथों में है।"

बुड्ढा कुछ क्षण मेरी ओर चकित नेत्रों से ताकता रहा, तत्पश्चात् मेरे सिर पर हाथ फेरते हुए बोला, "यदि मेरी कन्या एक व्यथित तथा भटकती हुई आत्मा को सुख-शांति दे सकती है तो इससे बढ़कर उसका उपयोग और क्या हो सकता है। परमात्मा ने तुम्हारे लिए ही उसे अब तक कुँवारी रखा। जाओ, मैंने उसको तुम्हें सौंपा। परमात्मा तुम दोनों को सुखी करे।"

उसी दिन मैंने अपना संन्यासी-वेष त्याग दिया और बाद में वहीं उस कन्या से विवाह कर लिया। अब आजकल मैं...मैं रहता हूँ और बीमे का काम करता हूँ, जिससे मुझे अच्छी आमदनी हो जाती है।"

मैंने चकित होकर कहा, "ओफ! यह संसार बड़ा विचित्र है। खैर, आप सुखी हुए, यह जानकर मुझे संतोष और प्रसन्नता हुई। पिछली बात तो याद नहीं आतीं?"

"याद आती हैं, पर उनसे पीड़ा होना बंद हो गया। अब वह केवल एक भयानक स्वप्न की धुँधली स्मृति सी रह गई है।"

मैंने कहा, "इस संसार में कुछ भी असंभव नहीं है, सबकुछ हो सकता है।"

वह हँसकर बोला, "आप ठीक कहते हैं। कौन कह सकता था कि मैं फिर कभी गृहस्थ बनकर सुखी हो सकूँगा, परंतु यह भाग्य का चक्कर जो चाहे कराए।"

□

लोकापवाद

शाम के 5 बज चुके थे। बाबू गिरिजाशंकर अपनी छोटी सी बैठक में गावतकिए के सहारे लेटे एक अंग्रेजी समाचार-पत्र पढ़ रहे थे। बाबू गिरिजाशंकर की आयु पचास वर्ष के लगभग थी। दोहरा बदन, तोंद निकली हुई, साँवला रंग, आँखें छोटी तथा धूर्तता से भरी हुई, सिर के बाल खिचड़ी हो चले थे।

इसी समय किसी के पैर की आहट पाकर उन्होंने सिर उठाया। सामने एक व्यक्ति हाथ में छोटा सा हुक्का लिये खड़ा था। इसकी आयु 27-28 के लगभग थी, गौरवपूर्ण इकहरा बदन। शरीर पर केवल एक बनियान थी। इस व्यक्ति को देखते ही गिरिजाशंकर ने किंचित् मुसकराकर कहा, "आओ।"

आगंतुक चप्पल उतारकर बाबू साहब के सामने जा बैठा। बाबू साहब उठकर बैठ गए। नाक पर से चश्मा उतारकर उन्होंने अपने बगल में रख लिया और धोती से मुँह पोंछते हुए बोले, "आज छुट्टी नहीं थी क्या?"

"छुट्टी कहाँ थी, अभी तो ऑफिस से आया हूँ।"

"बसंत पंचमी की छुट्टी नहीं! यह क्या बात है? यह तो गजेटेड हॉलिडे है?"

"छुट्टी तो थी, पर काम ज्यादा था। साहब ने कहा था कि आ जाना! आप जानिए, खुशामदी लोगों की कमी नहीं है। बहुतों ने स्वीकार कर लिया, तब हमें भी स्वीकार करना पड़ा। हमारे दफ्तर का हिसाब बहुत बिगड़ गया है, बाबू! एका नहीं है। हर शख्स यह चाहता है कि साहब को खुश करके अपना मतलब गाँठे। कोई कायदा-कानून नहीं। साहब का हुक्म ही कायदा-कानून है। लोग खुशामद के मारे छुट्टी के दिनों में काम करने पहुँच जाते हैं। जो नहीं जाता, वह साहब का कोप-भाजन बन जाता है।" इतना कहकर आगंतुक हुक्का सटकाने लगा। बाबू

गिरिजाशंकर बोले, "कभी ईसाई छुट्टी में साहब भी काम करने आता है?"

"कभी नहीं! ईस्टर, बड़ा दिन तथा और भी जो ईसाई त्योहारों की छुट्टियाँ होती हैं, उन छुट्टियों में साहब खुद कभी नहीं आता, पर हमारे हिंदुस्तानी भाई अपने त्योहारों की छुट्टी में भी आते हैं।"

"यही मैं भी समझा था। साहब अपनी छुट्टी में कभी नहीं चूक सकता।"

इसी समय एक 13-14 वर्ष का लड़का हाथ में एक पोटली लिये हुए आया और आगंतुक की ओर हाथ बढ़ाकर बोला, "ले बाबू, ये दो पैसे हैं।"

आगंतुक ने पैसे लेते हुए पूछा, "क्या-क्या लाया?"

लड़का बोला, "चार पैसे का शलजम, दो पैसे के आलू, दो पैसे का प्याज!"

"शलजम क्यों लाया, गोभी क्यों नहीं लाया? मैंने गोभी लाने को कहा था।"

"माजी ने मना कर दिया था।"

"क्या कहा था?" आगंतुक ने भौंह सिकोड़कर पूछा।

"कहा था कि गोभी न लाना, शलजम लाना।"

"हूँ" कहकर नवागंतुक चुप हो गया। लड़का चला गया। नवागंतुक के माथे पर बल पड़े थे और वह जल्दी-जल्दी हुक्के का कश खींच रहा था। गिरिजाशंकर बाबू बोले, "तुम्हारा नौकर, यह लड़का बड़ा चंट है।"

"अव्वल दर्जे का पाजी है। मेरा कहना कभी नहीं करेगा, जब करेगा माजी का कहना करेगा। मैं कह आया था कि गोभी लाना, शलजम मुझे अच्छी नहीं लगती, पर गोभी नहीं लाया, शलजम ही लाया। माजी ने जो कहा, सो लाया।"

"क्यों भाई श्यामाचरण, मैं बहुधा यह देखता हूँ कि घर में तुम्हारी बहुत कम चलती है, बुरा न मानना।"

"घर? घर नहीं नरक। इसीलिए तो मैं और भी छुट्टियों में ऑफिस चला जाता हूँ। सच्ची बातें आप से आज बता रहा हूँ। अभी ऑफिस से आया, कपड़े उतारे, हुक्का भरवाया और सीधा यहाँ चला आया, घर में एक मिनट नहीं बैठा। घर घर हो तो बैठने को जी चाहे।"

"आखिर, ऐसा क्यों है?"

"भाग्य! और क्या कहूँ।"

"तुम घर के स्वामी हो, तुम्हारी पहले मानी-जानी चाहिए।"

"मैं घर का स्वामी! राम का नाम लो बाबू? घर की स्वामिनी के आगे स्वामी की कोई हस्ती नहीं। मैं तो खाली रुपया कमाने की मशीन हूँ, बस!"

"यह बेजा बात है।"

"हमारी पत्नी महारानी बड़े घर की बेटी है। हर बात में अपना ही हुक्म चलाती है। मैं आम कहूँगा, तो वे इमली कहेंगी। मैं जो कपड़ा पसंद करूँगा, वह उनके पसंद कभी न आएगा। मुझे कपड़ा पहचानने की तमीज ही नहीं। मैं जो चीज खरीदकर लाऊँगा, उसमें सदा कोई ऐब निकल आएगा। पत्नी महारानी जो कुछ करें, उसमें ब्रह्मा के पिता भी कोई दोष नहीं निकाल सकते। मैं हर महीने तनख्वाह ले आता हूँ, इतना काम तो ठीक करता हूँ, बाकी सब गलत! तनख्वाह लाने के अतिरिक्त और मुझे कुछ आता नहीं।"

इतना कहकर श्यामाचरण हुक्का गुड़गुड़ाने लगा। गिरिजाशंकर हँसने लगे। हुक्का गुड़-गुड़ाकर श्यामाचरण पुनः बोला, "आपके लिए यह हँसने की बात है, आप हँस सकते हैं; पर मेरे हृदय पर जो बीतती है, वह परमात्मा ही जानता है।"

गिरिजाशंकर अपने हँसते हुए मुख को बलपूर्वक गंभीर बनाकर बोले, "निस्संदेह यह बड़े दुःख की बात है। तुम्हीं ऐसे हो जो सहन करते हो। मैं तो कभी न सहन करूँ।"

"सहन न करूँ तो क्या करूँ, बाबू? शांतिप्रिय आदमी ठहरा। कलह से जी घबराता है। घर में जब कलह होती है तो कहीं भाग जाने की इच्छा होने लगती है। इस कारण अपना मन मारना पड़ता है, इससे शांति तो रहती है।"

"ऐसी शांति किस काम की?"

"दोनों समय पका-पकाया भोजन मिल जाता है, रात को आराम से पैर फैलाकर सोता हूँ, बस यही शांति है।"

"तब फिर घर को नरक क्यों बता रहे थे? जहाँ शांति मिले, वह नरक कैसे हो सकता है।"

"हमारे जैसे प्राणी नरक में भी शांति ढूँढ़ लेते हैं।"

"ठीक! तब फिर शिकायत करना व्यर्थ है।"

"बात उठती है तो वास्तविक दशा बतानी पड़ती है। परंतु एक बात बताता हूँ, बाबू, किसी दिन सुन लोगे कि श्यामाचरण घर छोड़कर चला गया।"

"अरे, ऐसा न करना।"

"मैं थोड़े ही करूँगा। मुझे ऐसा करना होता तो अब तक कभी कर डालता। परिस्थिति कराएगी। मैं तो बहुत सहन करता हूँ और यथाशक्ति करता रहूँगा, परंतु हर बात की एक सीमा होती है।"

गिरिजाशंकर बाबू मौन होकर कुछ सोचने लगे। थोड़ी देर हुक्का पीने के पश्चात् श्यामाचरण बोला, "अब जाता हूँ। शौच-वोच से निवृत्त होना है।"

"भोजन करके तो आओगे?"

"हाँ, अवश्य! और ठिकाना ही कहाँ है।"

श्यामाचरण की पत्नी श्यामाचरण से यद्यपि तीन वर्ष छोटी थी, परंतु उसके मुख पर प्रौढ़ता का भाव आवश्यकता से अधिक था। श्यामाचरण इकहरे बदन का था, वह दोहरे बदन की। यद्यपि वह कुरूपा नहीं थी; परंतु मुख पर अत्यधिक प्रौढ़ता के साथ-साथ कर्कशता भी आ गई थी। इस कारण उसकी मुखाकृति में कुछ पुरुषत्व आ गया था।

श्यामाचरण घर पहुँचकर पहले शौच से निवृत्त हुए। उनकी पत्नी रसोई बना रही थी। हाथ-मुँह धोकर वह टहलते हुए रसोई की ओर गए।

"भोजन तैयार है?" श्यामाचरण ने प्रश्न किया।

"हाँ, तैयार है!" पत्नी ने उत्तर दिया।

"साग क्या बना है?"

"आलू-प्याज और शलजम।"

"मैंने तो गोभी मँगाई थी।"

"मैंने मना कर दिया था।"

"क्यों?"

"क्यों क्या, गोभी शलजम से अधिक अच्छी होती है?"

"पर मुझे तो शलजम अच्छी नहीं लगती।"

"अच्छी चीजें तुम्हें कब अच्छी लगती हैं।"

"तो मुझे सब खराब चीजें ही अच्छी लगती हैं।"

"अब रार तो बढ़ाओ न, खाना हो तो चुपचाप बैठकर खा लो।"

"और जो न खाऊँ?"

"तुम्हारी इच्छा। जान पड़ता है, भूख नहीं है। तभी इतने नखरे कर रहे हो।"

"क्यों? खाया क्या है?"

"अब यह तो तुम्हीं जानो। भूखा आदमी इतनी मीन-मेख नहीं निकालता। जो कुछ मिले चुपचाप खा लेता है।"

"तो तुम्हारे हिसाब से भूखा आदमी अपने मन का भोजन पाने का अधिकारी ही नहीं।"

"तुम्हें तो झख सवार है। त्योहार के दिन लड़ाई करना चाहते हो।"

श्यामाचरण को यह ध्यान नहीं था कि आज बसंतपंचमी है। यह ध्यान आते ही उन्होंने सोचा, 'जाने भी दो, आज क्यों कलह उत्पन्न करते हो?' यह सोचकर चुपचाप भोजन करने बैठ गए।

दो-तीन ग्रास खाकर श्यामाचरण बोले, "आलू-प्याज में मिर्च अधिक है।"

"मिर्च का तो स्वाद ही है। बिना मिर्च-खटाई के प्याज मीठा-मीठा लगता है।"

"तो इतनी मिर्च?"

"इतनी क्या पसेरी भर है?"

"इतनी भी ज्यादा है।"

"हाँ, आज तो तुम्हें सब में कुछ-न-कुछ ऐब ही दिखाई पड़ेगा। गोभी नहीं बनी है न।"

"अरे! तो क्या मैं झूठ कह रहा हूँ या जबरदस्ती ऐब निकाल रहा हूँ।"

"न सही। अब तो जैसा बनना था, बन चुका। चाहे मिर्चे अधिक हों, चाहे नमक।"

श्यामाचरण ने पानी के सहारे ग्रास गले से उतार-उतारकर आधे पेट भोजन किया।

"आज त्योहार का दिन था, कोई मीठी चीज—हलुवा या खीर बना लेतीं।"

"तो यह कहो, मीठा खाने की इच्छा थी, मिर्च का तो बहाना था।" पत्नी ने व्यंग्य से मुसकराकर कहा।

श्यामाचारण को यह व्यंग्य बहुत ही बुरा लगा। रक्त में उत्तेजना उत्पन्न हुई; परंतु त्योहार का दिन है, इस विचार से लहू का घूँट जैसा पीकर बोले, "मीठा खाने

की इच्छा होना बुरी बात है क्या ?"

"बुरी बात तो नहीं है, पर चटोरपन तो है।"

"कभी-कभी खाना भी चटोरपन है ?"

पत्नी ने इसका कोई उत्तर न दिया।

श्यामाचारण ने अपने को अपमानित अनुभव किया। यद्यपि ये चुपचाप उठ आए; पर पत्नी के प्रति उनके हृदय में घृणा-भाव के अतिरिक्त और कुछ भी नहीं था।

□

श्यामाचरण ने अपना हुक्का भरवाया और उसे हाथ में लेकर गिरजाशंकर के यहाँ जाने को तैयार हुए। इसी समय एक व्यक्ति ने द्वार पर से आवाज दी। श्यामाचरण बाहर निकल आए। आगंतुक ने उन्हें देखते ही कहा, "बाबूजी, आपको सरजू की माँ ने बुलाया है।"

"क्यों ?"

"मालूम नहीं। मुझसे इतना ही कहा कि बाबू को भेज देना। सरजू कुछ बीमार है शायद ?"

इतना कहकर वह चला गया।

श्यामाचारण ने जल्दी-जल्दी हुक्के के दस-बारह कश लिये। तत्पश्चात् कपड़े पहनकर चल दिए। नौकर से कह दिया, "पूछें तो कह देना एक काम से गए हैं।"

अयोध्या प्रसाद, सरजू का पिता, श्यामाचरण के दफ्तर में काम करता था। एक वर्ष हुआ उसकी मृत्यु हो गई थी। मरते समय वह श्यामाचरण से कह गया था, "मेरे बाल-बच्चों का ध्यान रखना।" अतएव श्यामाचरण महीने में एकाध बार उनकी खोज-खबर ले लेते थे।

श्यामाचारण अयोध्या प्रसाद के मकान पर पहुँचे। अयोध्या प्रसाद की पत्नी को देखते ही उन्होंने पूछा, "क्यों, सरजू कैसा है ?"

"अच्छा है, सो गया है।"

अयोध्या प्रसाद की पत्नी की आयु पच्चीस वर्ष के लगभग थी। गेहुँआ रंग, दोहरा बदन, नख-शिख साधारणतः सुंदर। आँखें बड़ी-बड़ी तथा करुणापूर्ण।

श्यामाचरण बोले, "वह आदमी, जो बुलाने गया था, कहता था कि सरजू की तबीयत खराब है।"

"नहीं, ऐसी कुछ खराब नहीं है, ऐसे ही जरा जुकाम हो गया है। उस आदमी ने यों ही कह दिया होगा। आज सरजू आया नहीं, न जाने कहाँ रह गया, इसी से दूसरा आदमी भेजना पड़ा। आज त्योहार का दिन था। चीज-वस्तु मँगाने में ऐसी दिक्कत हुई कि क्या कहूँ। लड़का बड़ा खिलाड़ी है। क्या करें सिर्फ चार रुपए महीना देना पड़ता है, इससे उसे रखे हूँ। आदमी नौकर रखूँ तो दस-बारह रुपए से कम नहीं लेगा। इतना देने को कहाँ पाऊँ। मकान का कुल पचीस रुपए किराया आता है, उसी में सारा खर्च चलता है।"

इतना कहकर सरजू की माता ने दीर्घ निश्श्वास छोड़ी।

श्यामाचरण बोले, "देखो, कोई दूसरा लड़का मिलेगा तो भेजूँगा।"

"हाँ, पर जरा काम करनेवाला हो, खिलाड़ी न हो।"

"हाँ! हाँ! ऐसा ही तजवीज करूँगा। अच्छा मुझे बुलाया क्यों?"

सरजू की माता किंचित् मुसकराकर लजाते हुए बोली, "आज त्योहार का दिन था, "खाने-पीने को बनाया था। कुछ थोड़ा खा लीजिए।"

"खाना तो मैं खा चुका हूँ। अभी-अभी खाकर उठा ही था कि तुम्हारा भेजा हुआ आदमी पहुँचा।"

सरजू की माँ का मुख उदास हो गया। दुःखी स्वर में बोलीं, "क्या बताऊँ! मैं तो सुबह ही कहलवा भेजती कि आज भोजन यहीं करना, पर कोई आदमी नहीं था। तड़प-तड़पकर रह गई। इस समय वह किराएदार किराया देने आया था, तब उसी को भेजा। क्या कहूँ ऐसा पछतावा है कि मैं जानती हूँ?"

श्यामाचरण ने पूछा, "क्या-क्या बनाया है?"

"पूरी, कचौरी, आलू-गोभी, जमीकंद, पालक है। मटर पड़ी हुई, पापड़, रायता, चटनी, हलुवा बस यही चीजें हैं। जो-जो चीजें आपको पसंद हैं, वही बनाई हैं।" यद्यपि श्यामाचरण भोजन कर चुके थे, पर खाया था उन्होंने आधे ही पेट; क्योंकि रुचि का भोजन नहीं था। अतएव इस समय अपनी रुचि की चीजों का नाम सुनकर उनके मुँह में पानी भर आया। उन्होंने कहा, "खैर, तुम्हारी मेहनत बेकार नहीं जाने दूँगा। लाओ, पर थोड़ा ही थोड़ा लाना।"

सरजू की माँ का मुख खिल उठा, वह शीघ्रतापूर्वक थाली परोसने चली गई।

इधर श्यामाचरण सोचने लगे, 'एक ऐसी स्त्री, जिसकी मैं महीने में एकाध बार-खबर लेता हूँ, उसे मेरी रुचि का इतना ध्यान, और मेरी पत्नी, जिसका मैं भरण-पोषण करता हूँ, जिसके लिए मैं अपने प्राण तक दे सकता हूँ, उसे मेरी कुछ भी परवाह नहीं।'

सरजू की माँ थाली परोसकर लाई। श्यामाचरण ने भोजन करना आरंभ किया। सरजू की माँ सामने बैठ गई।

कुछ क्षणों तक मौन रहकर वह बोली, "उनके मरने के बाद यह पहला त्योहार मनाया गया है। बरसी हुए बिना कोई त्योहार नहीं मनाया जाता। आज आप न खाते मुझे बड़ा कलंक होता।"

श्यामाचरण सरजू की माता का मुँह देख रहे थे। सरजू की माता के मुख पर हार्दिक प्रसन्नता थी। श्यामाचरण को वह बड़ी सुंदर दिखाई पड़ रही थी। श्यामाचरण ने मन-ही-मन सोचा, 'यदि यह मेरी पत्नी होती तो मेरा संसार स्वर्गतुल्य होता।'

यह पहला अवसर था, जब श्यामाचरण के हृदय में उपर्युक्त विचार उत्पन्न हुआ।

भोजन से निवृत्त होकर श्यामाचरण ने पान खाया। सरजू की माँ ने सिगरेट की डिब्बी दी। श्यामाचरण अच-कचाकर बोले, "सिगरेट भी मँगा ली।"

"हाँ! आप पीते हैं इसलिए मँगाई।" सरजू की माँ ने कहा।

श्यामाचरण मुग्ध हो गए। सिगरेट सुलगाते हुए सोचने लगे, 'ऐसी स्त्री और विधवा! जिस पर लोग ईश्वर को दयालु कहते हैं।'

थोड़ी देर पश्चात् श्यामाचरण विदा हुए। रास्ते भर उनकी आँखों के सामने सरजू की माता की मूर्ति फिरती रही और उनके कानों में ये शब्द गूँजते रहे, 'जो-जो चीजें आपको पसंद हैं, वहीं बनाई हैं।' घर पहुँचे तो पत्नी ने प्रश्न किया, "कहाँ गए थे?"

श्यामाचरण ने गंभीरतापूर्वक उत्तर दिया, "स्वर्ग की सैर करने।"

पत्नी के माथे की स्थायी रेखाएँ अधिक गहरी हो गईं। उसने पूछा, "फिर लौट कैसे आए?"

"नरक के प्राणियों को वहाँ रहने की आज्ञा नहीं।"

"तो फिर नरक ही में चले जाते!"

"इस घर के अतिरिक्त भी कोई नरक है क्या?"

"यह नरक है तो तुम्हीं इस नरक में रहो। मैं कल ही अपने मायके चली जाऊँगी।"

श्यामाचरण ने कोई उत्तर न दिया।

□

श्यामाचरण की पत्नी अपने मायके चली गई। श्यामाचरण ने भी उसे रोकने का प्रयत्न नहीं किया। उसने सोचा, 'अच्छा है। कुछ दिनों अलग रहने से शायद मिजाज दुरुस्त हो जाए!'

श्यामाचरण का साला, जो उनकी पत्नी के बुलाने पर उसे ले जाने के लिए आया था, उनसे सीधे मुँह नहीं बोला।

पत्नी के चले जाने पर दो-तीन दिन तो श्यामाचरण को बड़ी शांति सी मिली; परंतु फिर क्रमशः उनकी तबीयत घबराने लगी। उन्हें पता लगा कि जो घर पत्नी की उपस्थिति में नरक-तुल्य था, वह पत्नी के चले जाने पर भी स्वर्ग नहीं हुआ। उन्हें मालूम होता कि वे निर्जन वन में पड़े हैं और बिल्कुल अकेले हैं। उन्हें अपनी दशा पर स्वयं ही तरस आता था और एक बार वे दयनीय तथा दयालू, दोनों की अनुभूति में इतने मग्न हो गए कि बड़ी देर तक पड़े रोते रहे। जब मनुष्य को किसी वस्तु का भाव तथा अभाव दोनों ही कष्टप्रद प्रतीत होने लगते हैं, तब वह विह्वल हो जाता है।

उस दिन, पत्नी के मायके जाने के पश्चात् पहला इतवार था। श्यामाचरण ने सवेरे उठकर पहले तो यह निश्चित किया कि आज बढ़िया भोजन बनाएँगे। परंतु फिर आलस्य के कारण विचार बदल गया। उन्होंने सोचा, आज सरजू के घर क्यों न चलें। वहाँ भोजन भी हो, दोपहर को आराम भी वहीं करें। इस प्रकार भोजन बनाने के झंझट से भी बच जाएँगे और दिन भी कट जाएगा। यह सोचकर लड़के द्वारा सरजू की माँ के पास संदेश भेज दिया। इसके पश्चात् उन्होंने स्नान किया, तेल-फुलेल लगाया, कपड़े बदले और तैयार होकर सरजू के घर की ओर प्रस्थान किया। उस समय नौ बजे थे। गिरिजाशंकर बाबू अपनी बैठक के द्वार पर खड़े थे।

श्यामाचरण को देखकर उन्होंने पूछा, "कहाँ की तैयारी है?"

श्यामाचरण खड़े हो गए और बोले, "जरा अयोध्या प्रसाद की ओर जा रहा हूँ, बहुत दिनों से गया नहीं। खाना भी वहीं खा लूँगा। अपने हाथ से बनाते आलस्य लगता है।"

"और उतना स्वादिष्ट भी तो नहीं बनेगा, जितना अयोध्या प्रसाद की पत्नी बनाएगी।" बाबू गिरिजाशंकर ने रहस्यपूर्ण ढंग से मुसकराकर कहा।

श्यामाचरण ने गिरिजाशंकर की मुसकराहट का मतलब समझने का प्रयत्न करते हुए कुछ गंभीरतापूर्वक कहा, "हाँ, यह ठीक है। स्त्रियों के बनाए हुए खाने में स्वाद अवश्य आता है, पर वह इसलिए नहीं कि वह स्त्रियों का बनाया हुआ होता है, वरन् इसलिए कि वह उस व्यक्ति का बनाया हुआ होता है, जिसे बनाने का अभ्यास है। यदि मुझे भी बनाने का अभ्यास होता तो मैं भी सुस्वाद भोजन बना सकता।"

गिरिजाशंकर श्यामाचरण के व्याख्यान पर ध्यान न देकर बोले, "जब बनानेवाला अपने मन का होता है, तब खाना भी सुस्वाद बन ही जाता है। कब तक लौटोगे?"

"शाम तक लौटूँगा। दोपहर को वहीं आराम कर लूँगा।"

"ठीक है! पत्नी के अभाव में मन बहलाने का कुछ सामान तो होना ही चाहिए।"

श्यामाचरण चौंक पड़े। उन्होंने गिरिजाशंकर पर तीव्र दृष्टि डालकर कहा, "इसका क्या मतलब है?"

"मतलब तुम खूब समझते हो, उस्ताद! यह देखो! ये बाल मैंने धूप में सफेद नहीं किए।" अपने सिर के श्वेत बालों की ओर उँगली उठाकर गिरिजाशंकर बोले।

"इतनी जल्दी किसी के संबंध में कोई निश्चित धारणा बनाने की आपकी जल्दबाजी देखने से तो यही मालूम होता है कि आपने बाल सफेद करने के लिए धूप में बैठने का कष्ट भी न उठाया होगा। चूल्हे में सिर घुसेड़कर तुरंत ही बाल सफेद कर लिये होंगे।"

"हो सकता है कि तुम्हारा ही खयाल ठीक हो, परंतु केवल मेरी ही ऐसी धारणा नहीं है। और लोग भी कुछ ऐसा ही सोचते हैं। तुम संसार को जितना

बेवकूफ समझते हो या बनाना चाहते हो, उतना वह है नहीं और न बन सकता है।"

"संसार सदैव बेवकूफ रहा है और रहेगा। सुना गिरिजाशंकर बाबू? संसार ने वास्तविकता को बहुत कम पाया है, अधिकतर वह भ्रांतियों का ही गुलाम रहा है।"

"ठीक कहते हो! संसार जिसे रक्षक समझता है, वही भक्षक निकल जाता है, यही भ्रांति है।" गिरिजाशंकर व्यंग्यपूर्वक बोले।

"नहीं, यह भ्रांति नहीं है। जब रक्षक भक्षक प्रमाणित हो गया, तब भ्रांति कहाँ? संसार यह नहीं सोचता कि जिसे वह भक्षक समझ रहा है, संभव है वही रक्षक निकल जाए—भ्रांति वास्तव में यह है।"

गिरिजाशंकर, "हो! हो!" करके हँस पड़े और बोले, "भई, तुम्हारी फिलॉसफी विचित्र है। अच्छा जाओ। वहाँ प्रतीक्षा हो रही होगी। हमारी ओर से कोई शंका न करना।"

श्यामाचरण कुछ क्षणों तक खड़े सोचते रहे। तत्पश्चात् अपने आप यह कहकर, "उह! जब कर नहीं तो डर काहे का।" चल दिए।

सरजू की माता ने श्यामाचरण का स्वागत किया। श्यामाचरण ने भोजन किया। भोजन करके तृप्त हुए, क्योंकि भोजन उनकी रुचि का तथा सुस्वाद था।

भोजन करने के पश्चात् बोले, "अब दोपहर को कौन घर जाए, यहीं पर रहूँगा।"

सरजू की माँ ने इसका कुछ उत्तर न दिया, उसके मुख पर चिंता की भावना उदय हुई। यह देखकर श्यामाचरण का कलेजा धड़कने लगा। उन्होंने पूछा, "क्यों यहाँ रहने में कोई हर्ज है क्या?"

सरजू की माता शीघ्रतापूर्वक बोली, "नहीं मेरा तो कोई हर्ज नहीं है। मुझे तो प्रसन्नता होगी, परंतु···।"

"हाँ-हाँ, परंतु क्या शीघ्र कहो?"

सरजू की माता आँखों में आँसू भर के बोली, "क्या कहूँ, आप मुझे बड़ा नीच समझेंगे। आपने हमारे साथ जो उपकार किया है और कर रहे हैं, उसका बदला मैं सात जन्म में भी नहीं चुका सकूँगी, पर आप जानें, संसार की जीभ कौन पकड़ सकता है।"

श्यामाचरण जल्दी से बोल उठे, "हाँ! हाँ! मैं तुम्हारा मतलब समझ गया!

वाकई तुम्हारा खयाल ठीक है। मेरी गलती थी। मैं जाता हूँ। अब कभी न आऊँगा।"

"नहीं! नहीं! मेरा मतलब यह नहीं है कि बिल्कुल ही न आएँ।" सरजू की माँ व्याकुल होकर बोली।

"नहीं! नहीं! आने की जरूरत ही क्या है। अब नहीं आऊँगा! अब नहीं आऊँगा!" इतना कहकर श्यामाचरण पागल की भाँति वहाँ से भागे।

उस दिन से फिर श्यामाप्रसाद का पता न लगा कि कहाँ गए। गिरिजाशंकर बाबू प्रसंग आने पर सिर हिला-हिलाकर कहा करते, "मैं तो पहले से ही जान गया था कि परिणाम खराब होगा। आजकल वह जमाना है कि अपनों को तो कोई पूछता ही नहीं, गैर की कौन कहे। श्यामाचरण अयोध्या प्रसाद की विधवा की, जो इतनी खोज-खबर रखते थे तो क्यों रखते थे? उनका कोई स्वार्थ तो अवश्य था। उसी के कारण पत्नी से लड़ा करते थे। आखिर उसे निकाल ही दिया। उसकी इच्छा के विरुद्ध मायके भेजा, इसे मैं निकालना ही समझता हूँ। इतवार को भोजन भी वहीं होता था, दोपहर भी वहीं व्यतीत होती थी।"

गिरिजाशंकर की बात सुनकर श्रोता लोग बड़ी गंभीरता से सिर हिलाकर कहते, "आजकल जमाना ऐसा ही है। आदमी कहता कुछ है, करता कुछ है।"

□

भक्त

ठाकुर किशन सिंह एक बड़े जमींदार हैं। चार गाँव तो आपके संपूर्ण हैं और कई गाँवों में हिस्से हैं। लगभग दस सहस्र रुपए साल के मालगुजार हैं। ठाकुर साहब का ऐसा आतंक जमा हुआ है कि किसान तथा जमींदार उनके नाम से काँपते हैं। किसानों को पिटवा देना, डँड़वा देना, उन पर झूठे मुकदमे चलवा देना, उन्हें आपस में लड़वा देना इत्यादि ठाकुर साहब के साधारण हथकंडे हैं। आठ-दस कोस के इर्द-गिर्द में किसकी मजाल है, जो ठाकुर साहब के विरुद्ध तनिक भी सिर उठा सके।

ठाकुर साहब के अपने गाँव में एक कृष्ण मंदिर है। यह मंदिर ठाकुर साहब के पिता का बनवाया हुआ है, जो कृष्ण के बड़े भक्त थे। पिता की मृत्यु के पश्चात् किशन सिंह ने इस मंदिर को और अधिक सुसज्जित कर दिया। अब वह नगर के किसी भी बड़े तथा अच्छे मंदिर से टक्कर ले सकता है।

भादों बदी 7 की दोपहर थी। ठाकुर साहब के गुड़ैत तथा सिपाही गाँव में घूम रहे थे। ठाकुर साहब की आज्ञानुसार जन्माष्टमी के लिए दूध तथा घी का प्रबंध किया जा रहा था, ठाकुर साहब जन्माष्टमी बड़े धूमधाम से मनाते थे। खूब पंचामृत तथा प्रसाद बँटता था। गवैये आते थे, बेड़िनों का नाच होता था। उत्सव में ठाकुर साहब के बंधु-बांधव तथा मित्रगण एकत्र होते थे। जन्माष्टमी से लेकर त्रयोदशी-चतुर्दशी तक खासी चहल-पहल तथा धूमधाम रहती थी।

ठाकुर साहब के सिपाही प्रत्येक ऐसे किसान के यहाँ, जिसके गाय तथा भैंस का दूध होता था, पहुँचकर यह आज्ञा देते, "कल अष्टमी है। कल का सब दूध पहुँचाना होगा, समझे ? तुम्हारे यहाँ कितना दूध होता है ? अच्छा ! तो यह सब दूध पहुँचाना।"

पंचामृत दो तरह का बनता है। सर्वसाधारण के लिए भैंस के दूध-दही का तथा अपने और मेहमानों के लिए गऊ के दूध-दही का। इस प्रकार किसानों से दोनों ही प्रकार का दूध ले लिया जाता था।

किसी को आज्ञा दी जाती, "देखो, कल तुम्हें अपने यहाँ के सब दूध का दही जमाकर भेजना होगा। गाय का दही अलग जमाना, भैंस का अलग! गड़बड़ न होने पाए, नहीं तो ठाकुर चमड़ी उधड़वा देंगे।"

इसी प्रकार फेरी करते हुए ये लोग भगवानदीन अहीर के यहाँ पहुँचे। यह एक साधारण स्थिति का अहीर था। भगवानदीन अपने द्वार के चौतरे पर उदास भाव से बैठा था। सिपाही ने जाते ही पूछा, "भगवानदीन! तुम्हारे यहाँ के जानवर दूध देते हैं?"

भगवानदीन बोला, "मेरे यहाँ इस समय खाली एक गाय दूध देती है।"

"कितना दूध होता है?"

"दोनों समय में चार सेर देती है।"

"और भैंस?"

"भैंस गाभिन है, कुँवार में ब्याएगी।"

"बस यही दो जानवर हैं?"

"हाँ भइया! ज्यादा पाल के क्या करें? कोई करने-धरने वाला हो तो पालें।"

"अच्छा तो कल का सब दूध पहुँचा देना।"

"दोनों बखत का?"

"हाँ, दोनों बखत का।"

"एक बखत का पहुँचा दूँगा, भइया। मेरे यहाँ इस समय दो प्राणी बीमार पड़े हैं। मेरी बूढ़ी अम्माँ और मेरा छोटा लल्ला। उनको दूध ही दिया जाता है।"

"यह हम कुछ नहीं जानते। सरकारी हुक्म है! तुम्हें कुछ कहना हो तो सरकार से जाकर कहो। कल 4 सेर दूध तुमसे लिया जाएगा।"

"सब दूध ले लेओगे तो मेरी माँ और बच्चा क्या पिएँगे? उनका तो इस समय दूध ही आहार है।"

"फिर वही बक-बक! हमने कह दिया कि हम लोग कुछ नहीं कर सकते। सरकार से कहो जाकर।" दूसरे सिपाही ने कहा।

"सरकार कुछ यहाँ देखने आते हैं। तुम जाकर समझा दोगे तो वह क्या मानेंगे नहीं।"

"ठीक है! ऐसा ही सब कहते हैं। किस-किस की बात ऐसे मानें। मानें तो वहाँ एक बूँद दूध न पहुँचे।"

"तुम तो सबका दूध लिये ले रहे हो। यह भी तो सहारा नहीं कि कहीं दूसरी जगह से माँग लूँगा।"

"देखो, भैंस का दूध होता तो हम चाहे छोड़ भी देते, पर गाय का दूध नहीं छोड़ा जा सकता। गाय का दूध कम मिल रहा है। दो-दो, चार-चार सेर करके इकट्ठा किया जाएगा, तब पूरा पड़ेगा। इस बार गाय के दूध का ज्यादा खर्च है। शहर के बड़े-बड़े आदमी आ रहे हैं।"

"अच्छी बात है! सरकार से ही फरियाद करूँगा।"

इसी प्रकार आठ-दस किसानों ने घर में बीमारी होने के कारण दूध देने में असमर्थता प्रकट की; परंतु सिपाहियों ने सबको यही उत्तर दिया, "सरकार से कहो जाकर।"

□

संध्या समय ये सब किसान ठाकुर साहब की ड्योढ़ी पर उपस्थित हुए। ठाकुर साहब उस समय अपने आदमियों से मंदिर की सजावट के संबंध में विचार-विनिमय कर रहे थे। वे कह रहे थे, "इस बार कोई नया ढंग होना चाहिए।"

"देहात में नया ढंग क्या हो सकता है? शहर होता तो बीस बातें हो सकती थीं। यहाँ तो वही फूल-पत्ती की सजावट हो सकती है।" ठाकुर साहब के छोटे भाई ने कहा।

"देखो, एक कारीगर को शहर से बुलवाया है। कल सवेरे आ जाएगा। वह अपने साथ सजावट का समान भी लाएगा।"

इसी समय दरबान ने आकर सूचना दी, "सरकार आठ-दस किसान ड्योढ़ी पर हाजिर हैं, कुछ फरियाद लेकर आए हैं।"

ठाकुर साहब ने अपने छोटे भ्राता से कहा, "जाकर देखो तो क्या कहते हैं।"

ठाकुर साहब के छोटे भ्राता बाहर गए और दस मिनट पश्चात् वापस आकर बोले, "कहते हैं कि हमारे घर में बीमार पड़े हैं, इस कारण हम गाय का दूध न दे सकेंगे?"

"उनकी ऐसी-तैसी। साले बहानेबाजी करते हैं। भगवान् के काम में भी चालबाजी!"

यह कहकर ठाकुर साहब स्वयं उठे और द्वार पर पहुँचे। माथे पर बल डालकर सक्रोध उन्होंने पूछा, "क्या है?"

सबने अपनी आपत्ति कही।

ठाकुर साहब बोले, "अबे हरामजादो! यह दूध भगवान् के अर्थ लगेगा, जानते हो?"

भगवानदीन बोला, "यह हम जानते हैं, सरकार! भगवान् के निमित्त हम अपने प्राण देने को भी तैयार हैं, परंतु सरकार बीमारों को दूध न मिलेगा तो वे कैसे जिएँगे?"

"एक दिन दूध न मिलने से मर नहीं जाएँगे। और मर भी जाएँगे तो भगवान् के निमित्त मरेंगे, सीधे स्वर्ग पहुँच जाएँगे। जाओ, भागो यहाँ से।"

यह कहकर ठाकुर साहब लौट गए। किसान लोग हताश होकर बोले, "चलो भइया! यहाँ सुनवाई न होगी। भगवान् की यही इच्छा है।"

उधर ठाकुर साहब अपनी बैठक में पहुँचकर बोले, "हमें चकमा पढ़ाने आए थे, साले।"

"बड़े बदमाश हैं! दूध शहर भेजते हैं और दाम खड़े करते हैं। यहाँ बीमारी का स्वाँग लेकर आए।

"मैंने तो कह दिया कि सालो! भगवान् के निमित्त मरोगे तो सीधे स्वर्ग जाओगे।"

यह सुनकर उपस्थित लोगों ने अट्टहास किया। "यह आपने अच्छा कहा। सालों की बोलती बंद हो गई होगी।"

"बताओ, मनों गाय का दूध चाहिए, पंचामृत बनेगा, मेहमानों के पीने के लिए भी चाहिए, यह सब कहाँ से आएगा?"

"ठीक बात है। इस बार गायें हैं भी कम! सेर-सेर, दो-दो सेर दूध इकट्ठा किया जाएगा, तब पूरा पड़ेगा।"

"और बीमारी में तो लंघन करना चाहिए।"

"लंघन तो होता ही होगा। साले बहाना ढूँढ़ते हैं।"

"ब्राह्मणों का दूध हमें मिल नहीं सकता। वे सब स्वयं जन्माष्टमी मनाते हैं। अब यदि अन्य जातियों का भी न लें तो काम कैसे चले?"

जिनके यहाँ भैंसें लगती हैं, उन्होंने भैंसों का दूध देने को कहा है। खाली गऊ का दूध नहीं देंगे और दें भी तो हम नहीं ले सकते। भैंसों का दूध हम पिएँगे नहीं, इधर-उधर बँट जाएगा। इससे ले लिया।"

"खैर, मेहमान तो कल सवेरे से ही आना आरंभ हो जाएँगे न?"

"और क्या! सवेरे से लग्गा लग जाएगा। कुछ सवेरे की गाड़ी से आएँगे, कुछ दोपहर की और कुछ साँझ की से।"

"अब की बहुत आदमी हो जाएँगे। खूब धूमधाम रहेगी।"

"हाँ तो सजावट के लिए कैसा क्या होगा?"

ठाकुर साहब पुनः सजावट पर विचार करने लगे।

□

जन्माष्टमी का दिन आया। तड़के से ही ठाकुर साहब के आदमी दूध एकत्र करने लगे। जिनके यहाँ आदमी बीमार थे, उनका भी सब दूध ले लिया गया। वे सब कलेजा मसोसकर रह गए।

दिनभर मेहमानों का आगमन होता रहा। गवैये-बजवैये आए, बेड़िनें आईं, यार-दोस्त आए। दो व्यक्ति मंदिर सजाने के लिए आए।

संध्या समय दो संन्यासी भी आ गए।

ठाकुर साहब ने इन्हें अपने बगीचे के बँगले में टिका दिया। इनमें एक संन्यासी कुछ वृद्ध था और दूसरा प्रौढ़। वहाँ की भीड़-भाड़ तथा धूमधाम देखकर दोनों बातें करने लगे, "यह ठाकुर बड़ा भक्त मालूम होता है। बड़ा व्यय कर रहा है।" प्रौढ़ संन्यासी बोला।

"हाँ! परंतु भक्तिभाव कम है, वैभव-प्रदर्शन का भाव अधिक है।"

"सो तो आजकल सर्वत्र यही हो रहा है। धनी लोग ऐसे कार्यों में बड़ा द्रव्य खर्च करते हैं। परंतु वह सब अपना वैभव दिखाने के लिए होता है, नाम भगवान् का लेते हैं।"

"समय की बात है। भगवान् तो भाव के भूखे हैं। ये मूर्ख भगवान् को अपने द्रव्य तथा वैभव से प्रसन्न करना चाहते हैं। त्रिभुवन पति को, लक्ष्मी के स्वामी को!

इससे अधिक अज्ञान और क्या होगा।"

"यह सब सजावट और समारोह भीड़ एकत्र करने के लिए है। जितनी ही भीड़ अधिक होगी, उतना ही नाम होगा।"

"जितना द्रव्य ये लोग इस कार्य की सजावट में व्यय करते हैं, उतना द्रव्य यदि गरीबों को दान दे दिया करें तो वास्तविक उपकार हो।"

"यह तो देहात है। शहर में देखिए! सजावट में सहस्त्रों रुपया होता है और पंचामृत तथा प्रसाद लेनेवालों को धक्के मिलते हैं, उन पर डंडा चलता है।"

"जहाँ भीड़ एकत्र होगी, वहाँ यह करना ही पड़ेगा।"

ये दोनों तो यह वार्त्तालाप कर रहे थे, उधर ठाकुर साहब के मंदिर में जन्म हो रहा था। गान-तान तथा आदमियों के कोलाहल से मंदिर गूँज रहा था।

जन्म हो गया और पंचामृत बँटने लगा। मंदिर के सामने गाँव के लोगों की भीड़ एकत्र थी। स्त्री, बच्चे, पुरुष सब जमा थे, एक पर एक गिरा पड़ता था। बच्चे चीखते थे, स्त्रियाँ चिल्लाती थीं, प्रबंधकर्ता तथा सिपाही डाँटते-डपटते थे। कुछ ने चोटें खाईं, कुछ बच्चे कुचलकर घायल हो गए। इस प्रकार एक कोहराम मचा हुआ था।

इसी समय ठाकुर साहब का एक आदमी पंचामृत का एक बड़ा लोटा तथा दो गिलास लेकर संन्यासियों के पास पहुँचा।

"लीजिए, महात्माजी पंचामृत पीजिए।"

"लोटा देखकर वृद्ध संन्यासी बोला, "इतना पंचामृत!"

"हाँ! खूब डट के पियो।"

"न बच्चा! हमें तो थोड़ा-थोड़ा सा दे दो, चौथाई-चौथाई गिलास! पंचामृत पेट भरने के लिए थोड़े ही पिया जाता है।"

आदमी ने आधा-आधा गिलास पंचामृत दिया। वृद्ध ने गिलास में मुँह लगाया, परंतु उसी क्षण मुँह बनाकर गिलास हटा दिया और प्रौढ़ संन्यासी से बोला, "बच्चा, इसे मत पीना।"

प्रौढ़ ने हाथ रोक लिया और पूछा, "क्या बात है, गुरुदेव?"

"मुझे इस पंचामृत में रक्त की गंध आती है।"

"हरे! हरे! अरे भाई ले जा, यह पंचामृत!"

आदमी हक्का-बक्का होकर दोनों का मुँह ताकने लगा।

वृद्ध बोला, "चल भई, किसी ब्राह्मण के यहाँ चलकर पंचामृत लें।"

दोनों उठ खड़े हुए और बगीचे के बाहर हो गए। वह व्यक्ति किंकर्तव्यविमूढ़ होकर खड़ा देखता रह गया।

दोनों संन्यासी गाँव में घूमते हुए एक ओर पहुँचे। कुछ दूर से सुना, शंख-घड़ियाल का शब्द सुनाई पड़ रहा था।

एक राहगीर से पूछा, "यह सामने किसका घर है ?"

"बिंदा महाराज का।" उसने उत्तर दिया।

"ब्राह्मण है ?"

"हाँ।"

दोनों बिंदा महाराज के द्वार पर पहुँचे। द्वार पर केवल एक दीपक टिमटिमा रहा था। दोनों चौतरे पर जाकर बैठ गए। कुछ क्षण पश्चात् एक आदमी बाहर आया और इन्हें बैठे देखकर बोला, "क्या है महाराज!"

"थोड़ा भगवान् का पंचामृत चाहते हैं।"

"आप जमींदार के यहाँ नहीं गए? वहाँ आपको पेट भर पंचामृत और प्रसाद खाने को मिलेगा।"

वृद्ध हँसकर बोला, "वहीं से तो आ रहे हैं। वह पंचामृत योग्य नहीं है।"

यह सुनकर वह आदमी अंदर चला गया। थोड़ी देर पश्चात् एक वृद्ध ब्राह्मण रामनामी ओढ़े हुए बाहर आया और हाथ जोड़कर बोला, "क्या आज्ञा है, महाराज!"

"थोड़ा भगवान् का पंचामृत चाहते हैं।"

पंचामृत तो महाराज हमारे यहाँ नहीं है। बात यह है कि हमारे पड़ोस में एक अहीर रहता है, उसके यहाँ दो आदमी बीमार पड़े हैं। उसका सब दूध जमींदार के सिपाही ले गए। बीमारों के पीने को कुछ भी न रह गया। दोनों रोगी दिनभर भूख से तड़पते रहे, तब मैंने इस समय अपना सब दूध उन्हें दे दिया। छटाँक भर भगवान् के लिए रख लिया था। उसी का पंचामृत बनाकर हमने कूप-जल में मिला दिया है। सो मेरे यहाँ तो वही जल है, महाराज! वह हाजिर है।"

"आहा-हा! वही तो भगवान् का सच्चा पंचामृत है। देखा बच्चा! मुझे जो

ठाकुर के पंचामृत से रक्त की गंध आई थी, उसका कारण यह था।"

बिंदा महाराज पंचामृत ले आए, अर्थात् तुलसीदल पड़ा हुआ कूप-जल! दोनों संन्यासियों ने बड़ी भक्तिपूर्वक पिया। पीकर बोले, "आप सच्चे भक्त हैं। आपका दूध दो क्षुधार्त रोगियों की क्षुधा निवारण करने में लगा। वह सीधा भगवान् को पहुँचा। यही तो भगवान् का आदेश है। दीन-दुःखियों को दिया हुआ भोजन सीधा भगवान् के पास पहुँचता है।"

"कुछ प्रसाद भी पाइए।"

"हाँ! हाँ! तुम जो दे दोगे, हम उसे सहर्ष स्वीकार करेंगे।"

दोनों ने प्रसाद पाया। तत्पश्चात् बोले, "हम इसी चौतरे पर विश्राम करें, आपको कोई असुविधा ?"

"बिल्कुल नहीं! आप विश्राम कीजिए।"

सवेरे तड़के ही उठकर बिंदा महाराज ने देखा, दोनों संन्यासी चले गए थे।

□

वंचना

मेल ट्रेन स्टेशन छोड़ने के लिए तैयार खड़ी थी। अधिकांश यात्री अपने-अपने डिब्बों में बैठ गए थे। केवल कुछ ऐसे लोग जो किसी को पहुँचाने आए थे अथवा वे लोग, जो ट्रेन के गतिवान् होने पर ही सवार होते हैं, प्लेटफार्म पर उपस्थित थे।

सहसा गार्ड ने सीटी दी। प्लेटफार्म पर उपस्थित लोग गाड़ी पर चढ़ गए। इसी समय एक युवक, जिसकी आयु 24-25 वर्ष के लगभग थी, कुली पर एक ट्रंक तथा बिस्तर रखवाए लपकता हुआ आया और एक सेकेंड क्लास के डिब्बे में चढ़ गया। इसी समय गाड़ी चल दी। युवक ने बटुआ निकाला और कुली को पैसे दिए। कुली चलती गाड़ी से उतर गया।

युवक ने अपने चारों ओर दृष्टि दौड़ाई। खिड़की के निकट वाली एक बर्थ पर एक एंग्लो इंडियन सुंदर युवती अर्ध-शयनावस्था में बैठी एक अंग्रेजी की मैगजीन (मासिक पत्र) देख रही थी। इसके अतिरिक्त दर्जे में कोई नहीं था। युवक ने दूसरी ओर खिड़की के निकट वाली बर्थ पर अपना आसन जमाया।

कुछ क्षण पश्चात् युवक ने अपना सिगरेट-केस निकालकर युवती से अंग्रेजी में कहा, "मेरे सिगरेट पीने पर आपको कोई आपत्ति तो नहीं है?"

युवती मुसकराकर बोली, "कदापि नहीं। मैं स्वयं सिगरेट पीती हूँ।"

युवक उठकर युवती के निकट पहुँचा और अपना केस उसकी ओर बढ़ाकर बोला, "लीजिए!" युवती ने 'धन्यवाद' कहकर एक सिगरेट निकाल ली। युवक ने तुरंत दियासलाई जलाकर युवती का सिगरेट सुलगा दिया और तत्पश्चात् अपने स्थान पर आकर स्वयं सिगरेट सुलगाया।

कुछ क्षण पश्चात् युवक ने पूछा, "आप कहाँ जाएँगी?"

"कलकत्ता।"

"खूब! मैं भी कलकत्ता जा रहा हूँ।"

"तब तो हमारा आपका साथ अंत तक रहेगा।" युवती ने मुसकराकर कहा।

"क्या मैं जान सकता हूँ कि आप कलकत्ता में क्या करती हैं?"

"मेरे पिता का एक होटल है।"

यह कह युवती ने होटल का नाम बताया।

युवक प्रसन्नतासूचक स्वर में बोला, "ओ! यह होटल कहाँ है?"

युवती ने स्थान का नाम बताया।

"तब तो अच्छा होटल होगा। उस ओर बड़े-ही-बड़े होटल हैं।

"जी हाँ।"

कुछ क्षण मौन रहकर युवक ने पूछा, "क्या आपके होटल में हिंदुस्तानी भी ठहर सकते हैं?"

"हाँ-हाँ! ठहरते भी हैं, परंतु बहुत कम! वे ही लोग ठहरते हैं, जो अमीर हैं और जिनका रहन-सहन यूरोपियन ढंग का है।"

"खैर, यह तो आवश्यक ही है। यूरोपियन ढंग के होटल में ऐसा नियम होना स्वाभाविक ही है।"

"क्या आप ठहरना चाहते हैं?"

"ठहर तो जाता, परंतु वहाँ मैं कुछ संकुचित रहूँगा। मुझे अपने योग्य सोसाइटी न मिलेगी। अलग-अलग जैसा रहूँगा। केवल एक आप ही ऐसी होंगी, जिनसे मैं बात कर सकूँगा। आप तो वहाँ नित्य जाती होंगी?"

"मुझे अधिकांश समय वहीं रहना पड़ता है, क्योंकि हम स्वयं भी उसी होटल में रहते हैं।"

"अच्छा! यह बड़ी सुंदर बात है।"

"इसलिए आपका जी न ऊबने पाएगा। मैं अपने माता-पिता से आपका परिचय करा दूँगी।"

"ऐसी दशा में तो मैं वहाँ रह सकता हूँ।"

"बड़ी सुंदर बात है।"

युवक ने सोचा कि जरा यह भी पूछ लो कि होटल का खर्च किस हिसाब से पड़ेगा। परंतु फिर उसने यह सोचकर इस संबंध में मौन रहना ही उचित समझा कि ऐसी बात पूछना टुच्चापन होगा।

युवक ने कहा, "तब तो मैं आपके होटल में ही ठहरूँगा।"

"बड़ी खुशी की बात है।"

"इधर आप कहाँ से आ रही हैं?"

"मैं शिमला से आ रही हूँ। इस बार गरमी का मौसम मैंने वहीं व्यतीत किया। तंदुरुस्ती कुछ ठीक नहीं रहती थी। अतः डॉक्टरों ने वहीं रहने का परामर्श दिया।"

"अब तो आपकी तंदुरुस्ती अच्छी मालूम होती है।" युवक ने युवती के गालों की सुर्खी को देखते हुए कहा।

"हाँ! अब मैं बिल्कुल दुरुस्त हूँ। मेरा वजन भी 15 पौंड बढ़ गया है। मैं चाहती तो और बढ़ जाता, परंतु मुझे मोटापे से बड़ी घृणा है।"

"वाकई मोटापा बुरा होता है।"

□

दूसरे दिन नियत समय पर ट्रेन हाबड़ा स्टेशन पर पहुँची। युवती युवक को साथ लिये बाहर आई और एक टैक्सी पर सवार होकर चली।

होटल की बिल्डिंग के सामने टैक्सी रुकी। बिल्डिंग बड़ी और सुंदर थी। युवक ने पूछा, "बहुत बड़ा होटल है।"

युवती बोली, "पूरी बिल्डिंग में होटल नहीं है। आधी हमारे पास है और आधी दूसरे के पास! देखिए उसका साइनबोर्ड वह सामने लगा है।"

होटल के आदमियों ने दोनों का सामान टैक्सी से उतारा।

युवती बोली, "देखो! साहब का सामान-अठारह नं. रूम खाली है?"

"वह तो खाली नहीं है, मिस साहब! बीस नंबर खाली है।"

"गुड! वह तो और भी अच्छा है। उसी में पहुँचाओ।"

युवती स्वयं युवक को 20 नंबर कमरे में पहुँचा गई। यह कमरा एक व्यक्ति के लिए था। एक ओर बड़ा मसहरीदार पलंग बिछा हुआ था। उस पर पूरा बिस्तर लगा हुआ था। मोटा गद्दा, गद्दे पर श्वेत चादर, दो बड़े-बड़े

मुलायम तकिए तथा पैताने एक हल्का कंबल रखा हुआ था।

युवती ने कहा, "यदि आप चाहें तो इसी बिस्तर को काम में लाएँ अथवा अपना निजी बिस्तर लगवा लें।"

"ठीक है, देखा जाएगा।"

एक ओर एक मेज थी, जिसमें दर्पण लगा था। मेज के सामने दो कुरसियाँ थीं। दूसरी ओर तीन बड़ी खिड़कियाँ थीं। इन खिड़कियों के पास एक आरामकुरसी, बीच में एक छोटी गोलमेज तथा साधारण कुरसियाँ थीं। एक ओर कपड़े टाँगने की दर्पण-युक्त अलमारी थी। छत में सीलिंग फैन और प्रकाश की दो हाँड़ियाँ लटक रही थीं। पलंग के ऊपर एक बेकर लैंप था।

कमरे से मिला हुआ गुसलखाना था।

युवती चली गई।

युवक ने अपना ट्रंक खोला। ट्रंक में रखी धोतियों को देखकर वह बड़बड़ाया, "ये तो यहाँ के लिए बेकार हैं।" उसने एक श्वेत शर्ट तथा आधी बाँहों की रेशमी कमीज निकाली। स्नान इत्यादि से निवृत्त होकर युवक बैठा ही था कि उसी समय खानसामा चाय की ट्रे ले आया।

युवक चाय पी ही रहा था, मिस आ गईं और मुसकराकर बोली, "आप आराम से तो हैं?"

"बड़े आराम से! यहाँ आराम न मिलेगा तो और कहाँ मिल सकता है।"

"खाना आप हमारे साथ खाएँगे।"

"जैसी आपकी इच्छा। लेकिन मैं केवल मटन (बकरे का मास) और फाउल (मुर्ग) खाता हूँ।"

"और अंडा?"

"अंडा भी खा लेता हूँ। मेरा मतलब यह है कि मैं पोर्क (सुअर का मांस) और 'बीफ' (गाय का मांस) नहीं खाता।"

"कोई हर्ज नहीं। जो आप खाएँगे, वही खिलाया जाएगा।"

"ड्रिंक करते हैं।"

"नित्य की आदत नहीं है। कभी-कभी सोसाइटी में बैठकर कर लेता हूँ।"

"यह बड़ी अच्छी बात है। अच्छा चलिए, मैं अपने माता-पिता से आपका परिचय कराऊँ।"

"बड़ी खुशी की बात है।" कहकर युवक तुरंत उठ खड़ा हुआ।

युवती तीसरी मंजिल पर पहुँची। इस मंजिल पर युवती का निवास था।

युवती के माता-पिता अधेड़ थे। दोनों ने युवक का स्वागत किया।

युवती का पिता बोला, "आपसे मिलकर बड़ी प्रसन्नता हुई।"

युवक ने भी बड़ी प्रसन्नता प्रकट की।

मिस बोली, "सिनेमा चलिएगा?"

युवक ने कहा, "हाँ! हाँ! और यहाँ काम ही कौन है। घूमना-फिरना तो हई है।"

"अच्छा तो मैं आपके साथ चलूँगी। कपड़े बदल आऊँ।"

थोड़ी देर में मिस सज-धजकर तैयार हो गईं। उधर युवक भी कपड़े पहनकर तैयार हो गया। दोनों टैक्सी लेकर सिनेमा चले।

रात को जब सिनेमा से लौटे तो युवक के पचीस रुपए ठंडे हो चुके थे।

□

अब नित्य होने लगा। संध्या के समय मिस युवक को लेकर निकल जाती और खूब घुमा-फिराकर लौटती। युवक के 15-20 रुपए खर्च हो जाते थे।

युवक इस समय अपने को स्वर्ग में समझ रहा था। यद्यपि मिस पर युवक की कुदृष्टि थी; परंतु इतना साहस नहीं पड़ता था कि कुछ हाथ-पाँव फैला सके।

इसी प्रकार एक सप्ताह व्यतीत हो गया। युवक के बटुए की मोटाई प्रतिदिन कम हो रही थी। उसने हिसाब लगाया तो दो सौ रुपए केवल घूमने-फिरने में खर्च हो चुके थे। युवक के पास कुल पाँच सौ रुपए शेष रह गए थे। उसने हिसाब लगाया कि अभी एक सप्ताह और रहा जा सकता है। होटल का बिल अधिक-से-अधिक सौ-डेढ़ सौ का होगा।

दूसरे सप्ताह के भी तीन दिन व्यतीत हो गए। अंत को एक दिन जब मिस युवक के कमरे में कुछ देर बैठकर जाने लगी तो युवक ने लपककर उसे पकड़ लिया और उसका मुख चूम लिया।

युवती ने एक तमाचा युवक के गाल पर तड़ से जमाया। युवक ने घबराकर मिस को छोड़ दिया। मिस अग्नि-वर्षा करती हुई बोली, "हिंदुस्तानी कुत्ता!

क्या तूने मुझे कोई वेश्या समझा है। तुम हिंदुस्तानी सदैव दगाबाज साबित होते हो।" यह कहकर मिस कमरे के बाहर हो गई। युवक कुरसी पर बैठ गया और विचार करने लगा कि 'हरामजादी के घुमाने-फिराने में मेरे तीन-चार सौ रुपए खर्च हो गए, ये सब बट्टेखाते गए। ऐसा जानता तो मैं यहाँ फटकता भी नहीं।'

उसी दिन से मिस ने युवक से घनिष्ठता का व्यवहार बंद कर दिया। अब वह केवल शिष्टतापूर्ण शुष्क व्यवहार करने लगी। युवक ने एकांत पाकर क्षमा-याचना भी की। मिस ने उसे क्षमा तो कर दिया, परंतु व्यवहार शुष्क ही रखा।

दो दिन प्रतीक्षा करने के बाद एक दिन युवक ने खानसामा से कहा, "आज मैं जा रहा हूँ।"

"अच्छा साहब! किस गाड़ी से?"

"मेल से!"

खानसामा चला गया। बीस मिनट पश्चात् वह बिल लेकर आया। बीस रुपए दैनिक तो होटल का खर्च तथा दस रुपए दैनिक मिस की फीस, संध्या समय युवक को घुमाने-फिराने की।

युवक खानसामा से बोला, "यह घुमाने-फिराने की फीस कैसी?"

"मिस शाम को आपके साथ जाती थीं, उसकी फीस!"

"तो क्या इतने बड़े होटल के मालिक की लड़की यह काम भी करती है।"

"लड़की! मिस होटल के मालिक की लड़की नहीं है।"

युवक अचकचाकर बोला, "तब कौन है?"

"होटल की नौकर है। दस रुपए में से इसे कमीशन मिलता है।"

"लेकिन वह तो अपने को लड़की बताती थी।"

"रहती मालिक के साथ है और उन्हें माता और पिता कहती है; वे भी लड़की की तरह मानते हैं, परंतु है नौकर ही।"

बिल साढ़े चार सौ का था। युवक के पास कुल चार सौ रुपए बचे थे। युवक सोचने लगा, अब क्या किया जाए! सोच-विचारकर उसने कहा, "अच्छा, जरा मिस को भेजो!"

"वह तो नहीं हैं, कल बाहर गईं।"

"क्या शहर से बाहर।"

"जी हाँ!"

"कब तक लौटेंगी?"

"दस-बारह दिन लग जाएँगे।"

"अच्छा और किसी को भेजो!"

"यहाँ कोई न आएगा। आपको जो कुछ कहना हो, ऊपर मालिक से जाकर कहिए।"

युवक मालिक के पास पहुँचा और बोला, "इस समय मेरे पास कुल चार सौ रुपए हैं और आपका बिल साढ़े चार सौ का है। मिस की फीस आपने व्यर्थ लगाई है। मुझे यह नहीं मालूम था कि फीस देनी पड़ेगी। आपको पहले बता देना चाहिए था।"

"हमने समझा, मिस ने आपको बता दिया होगा।"

"उसने कुछ नहीं बताया।"

"मिस बाहर गई हैं, यदि वह होतीं तो उससे पूछते।"

"तो आप क्या कहते हैं?"

"बिल का पूरा रुपया देना होगा।" मालिक ने शुष्कता से कहा।

युवक कुछ क्षण सोचकर बोला, "अच्छा मेरी यह सोने की घड़ी जमानत में रख लीजिए, जब मैं पचास रुपए भेज दूँ तो घड़ी लौटा दीजिएगा।"

"हाँ, यह हो सकता है।"

युवक होटल से चलकर एक धर्मशाला में आया। इस समय उसके पास केवल पाँच रुपए बचे थे। उसने घर तार दिया, "यहाँ मेरी जेब कट गई, सब रुपया चला गया, तुरंत सौ रुपए तार से भेजो।" उस दिन युवक ने शाम को ढाबे में भोजन किया।

□

बुद्धिबल

(1)

कुछ लोगों की धारणा है कि एक सुशिक्षित तथा बुद्धिमान व्यक्ति प्रत्येक बात का तत्त्व समझने की क्षमता रखता है। उसे भले-बुरे, सच्चे-झूठे, ऊँच-नीच इत्यादि सबका ज्ञान हो जाता है। कोई उसे धोखा नहीं दे सकता, कोई उसे ठग नहीं सकता, न कोई बेवकूफ बना सकता है। ऐसी धारणा रखनेवालों में हमारे पं. नवीनचंद्र भी हैं। पंडितजी ने एम.ए., एल-एल.बी. की डिग्री प्राप्त की है, साथ ही संस्कृत की शास्त्री परीक्षा भी पास हैं। ऐसी दशा में यदि पंडितजी अपने को एक बड़ा विद्वान् तथा बुद्धिमान समझें तो इसमें आश्चर्य की क्या बात है। अन्य लोगों की भी यदि ऐसी धारणा हो तो वे बेचारे भी निर्दोष हैं, क्योंकि जिन बातों से, जिन योग्यताओं से आदमी विद्वान् और बुद्धिमान समझा जाता है, वे सब पंडित में विद्यमान हैं। रात के नौ बजने का समय था, पंडितजी अपने घरेलू दफ्तर में बैठे हुए कुछ मुवक्किलों से बातें कर रहे थे। इसी समय उनके एक मित्र आ गए। इनका नाम कृष्णकुमार था। यह भी सुशिक्षित व्यक्ति थे। कृष्णकुमार का स्वागत करके पंडितजी ने मुसकराते हुए पूछा, "कहिए, आज देर क्यों हुई?"

"आज देर इस कारण हो गई कि एक महात्मा के दर्शन करने चला गया था।"

"अच्छा! कोई महात्मा आए हैं क्या?" एक मुवक्किल बोल उठा, "हाँ, एक स्वामी आए हैं। हम तो अभी गए नहीं, परंतु प्रशंसा सुनी है।"

कृष्णकुमार ने कहा, "मैं आज गया था। आदमी तो कुछ अच्छे मालूम पड़ते हैं, परंतु ठीक नहीं कहा जा सकता। कुछ दिन सत्संग हो तो पता चले।"

पंडितजी बड़े अभिमानपूर्वक बोले, "मैं चलूँगा तो पहले ही दिन स्वामीजी का हुलिया समझ लूँगा।"

कृष्णकुमार बोले, "सुना है कि वेदांत के अच्छे ज्ञाता हैं।"

"संस्कृत जानते हैं?" नवीनचंद्र ने पूछा। "हाँ, श्लोक-व्लोक तो पढ़ते हैं।"

नवीनचंद्र हँसकर बोले, "श्लोक पढ़ने से क्या होता है? श्लोक तो साधारण हिंदी पढ़ा-लिखा भी बोल सकता है।"

"उच्चारण से भी पता लगता है कि संस्कृत जानते होंगे।"

"साधारण जाननेवाले का उच्चारण भी शुद्ध हो सकता है। प्रश्न यह है कि संस्कृत के विद्वान् हैं या नहीं?"

"अब यह तो मैं बता नहीं सकता। मैं इतनी संस्कृत स्वयं नहीं जानता। आप चलें तो पता लगे।"

मुवक्किल बोल उठा, "हाँ पंडितजी, आप देख आएँ। जब आप पास कर देंगे, तब हम लोग भी जाएँगे।"

पंडितजी मुँह बनाकर बोले, "अच्छा, चला चलूँगा। वैसे तो मुझे इन साधु-संन्यासियों पर अधिक श्रद्धा नहीं है।"

कृष्णकुमार ने मुसकराते हुए पूछा, "संन्यास तथा साधुता पर तो श्रद्धा है?"

"हाँ, उससे क्यों न होगी? वह तो शाश्वत धर्म है। यदि कोई सच्चा संन्यासी अथवा साधु है तो वह निश्चय ही श्रद्धेय तथा पूज्य है। परंतु ऐसे लोग मिलते कहाँ हैं?"

"अच्छा तो कल चलिएगा!"

"हाँ, चला चलूँगा।"

"कल इतवार भी है, छुट्टी रहेगी, सवेरे चलोगे या शाम को?"

"जब इच्छा हो।"

□

दूसरे दिन पं. नवीनचंद्र तथा कृष्णकुमार स्वामीजी के पास पहुँचे। संध्या हो चुकी थी। गंगा तट पर फूस की एक बड़ी सी कुटिया में स्वामीजी विराजमान थे। स्वामीजी के कुछ भक्तगण जमा थे। स्वामी के साथ उनके दो शिष्य—एक ब्रह्मचारी 21-23 वर्ष का, बड़े-बड़े केश, खूबसूरत शक्ल, भस्म लगाने से गौर

वर्ण कुछ मलिन सा; ढीला लंबा चोलना पहने हुए। दूसरा चेला संन्यासी था। स्वामीजी वेदांत तथा पुराणों की घिसी-पिटी बातें कह रहे थे।

नवीनचंद्र बोले, "के वेदान्त-ग्रन्थाः पठनीयाः ?"

स्वामीजी मुसकराकर बोले, "मुझे संस्कृत बोलने का अभ्यास नहीं है। मैं आपके प्रश्न का उत्तर हिंदी में देता हूँ। वेदांत में पठनीय ग्रंथ अनेक हैं। दस उपनिषद्, जिन पर आद्य शंकराचार्य का भाष्य है—ब्रह्मसूत्र, पंचदशी, गीता इत्यादि। वैसे तो अनेक ग्रंथ हैं, पर वे अन्य विद्वानों के लिखे हुए हैं और सब इन्हीं ग्रंथों पर आश्रित हैं, जिनके नाम मैंने बताए हैं।"

नवीनचंद्र कुछ प्रभावित होकर स्वामी का मुँह ताकते रहे। कुछ देर पश्चात् उन्होंने कुछ प्रश्न और किए। उनका उत्तर भी स्वामीजी ने समुचित ही दिया। नवीनचंद्र मौन होकर स्वामीजी का उपदेश सुनने लगे। एक उपदेश देते-देते संन्यास का प्रसंग आ गया। संन्यास का सच्चा रूप समझाकर स्वामीजी बोले, "आप लोग गृहस्थ हैं। एक बात समझ लीजिए। यदि इसके अनुसार चलिएगा तो कभी धोखा न खाइएगा।" नवीनचंद्र बोल उठे, "हाँ, महाराज! इसकी तो बड़ी आवश्यकता है। अच्छे-बुरे संन्यासी की पहचान ही नहीं होती। यह कहावत है कि पिसी दवा, और मुंडा योगी, इनकी असलियत का पता नहीं चलता।" स्वामीजी मुसकराकर बोले, स्वामीजी की मुसकान में बड़ी मधुरता थी, "यह ठीक है। आजकल ऐसे संन्यासी अधिक हैं। कुछ थोड़े श्लोक गीता के रट लिये, कुछ चाणक्य-नीति के तथा कुछ इधर-उधर के, बस संन्यासी हो गए। आजकल संस्कृत का प्रचार कम होने के कारण बहुत कम लोग संस्कृत के ज्ञाता हैं। ऐसों के सामने जहाँ इन संन्यासियों ने दो-चार श्लोक पढ़े, बस वे समझते हैं कि स्वामीजी बड़े विद्वान् हैं। अस्तु! आप यह याद रखिए—एक तो संन्यासी को कभी पैसा मत दीजिए, भोजन करा दीजिए, चाहे जैसा संन्यासी या साधु हो। जो संन्यासी पैसा माँगे, उसे संन्यासी न समझिए। दूसरी बात यह है कि जो संन्यासी गृहस्थों के घर में टिकता हो अथवा उनके घर में बहुत आता-जाता हो, उसे भी संन्यासी न समझिए। तीसरे जो संन्यासी ऐसे कार्यों में सहयोग देता हो, जो संसार के प्रपंच में फँसाने वाले हैं, उन्हें भी संन्यासी न समझिए। संन्यासी प्रपंच से बचता है, उसमें योग नहीं देता। बस, ये तीन बातें याद रखिए।"

"बड़ी उत्तम बातें हैं।" नवीनचंद्र ने कहा।

"एक बात और याद रखिए। जो संन्यासी अधिक गृहस्थों को, विशेषत: धनिक गृहस्थों को शिष्य बनाता हो, उसे भी संदेह की दृष्टि से देखिए। उत्तम संन्यासी बड़ी कठिनता से किसी को शिष्य बनाता है, यदि बनाता भी है तो पूर्ण विरक्त को।" "ठीक है, महाराज!" नवीनचंद्र हाथ जोड़कर बोले।

"वैसे अन्य परीक्षाएँ भी हैं; पर आप गृहस्थों के लिए इतनी ही यथेष्ट हैं।"

"आजकल तो गली-गली संन्यासी फिरते हैं।" कृष्णकुमार बोले।

"इनमें अधिकांश बाल-बच्चेदार गृहस्थ हैं। इनका व्यवसाय ही यह है। जब तक अपने घर में रहते हैं, तब तक गृहस्थों की तरह रहते हैं। जब कमाने निकलते हैं, तब संन्यासी बन जाते हैं। ये अपने पुत्रों को भी यही शिक्षा देते हैं। उन्हें कुछ श्लोक रटवा देते हैं और बात करने का ढंग सिखा देते हैं। जब तक अल्पवयस्क रहते हैं, तब तक इन्हें ब्रह्मचारी बनाकर साथ रखते हैं। जब यथेष्ट वयस्क हो जाते हैं, तब खोपड़ी घुटवा देते हैं।"

"ये लोग रहते कहाँ हैं, महाराज ?"

"देहातों में रहते हैं। किसी जगह दस घर हैं, किसी जगह पंद्रह! संसार है—उदरनिमित्त बहुधृतवेश: !"

"हाँ, यही बात है महाराज!"

नवीनचंद्र कुछ देर और बैठे। इसके पश्चात् स्वामीजी से विदा माँगकर चल दिए।

नवीनचंद्र कुछ दिन में स्वामीजी के इतने भक्त हो गए कि उन्हें साष्टांग प्रणाम करने लगे। उनके लिए फल-फूल ले जाते थे। स्वामीजी दो-चार फल अपने पास रखकर शेष उपस्थित लोगों में बाँट देते थे।

एक दिन नवीनचंद्र ने प्रार्थना की, "महाराज! एक दिन हमारे घर भिक्षा कीजिए।"

स्वामीजी बोले, "हम तो कहीं भिक्षा करने बहुत कम ही जाते हैं। यहीं यह ब्रह्मचारी मधुकरियाँ डाल लेता है। बस! आप लोगों के यहाँ षट्रस व्यंजन होते हैं, वे हम संन्यासियों के लिए वर्जित हैं। संन्यासी को तो केवल रूखा-सूखा तथा निस्स्वाद भोजन चाहिए।"

आप जैसी भिक्षा करना चाहेंगे, वैसी बनवा दी जाएगी। परंतु एक बार भिक्षा अवश्य कीजिए। हमारे घर के लोग भी आपके दर्शनों के बड़े इच्छुक हैं।"

स्वामीजी हँसकर बोले, "ऐसा! अच्छा एक दिन कर लेंगे, परंतु केवल रोटी और एक साग, बस!"

"ऐसा ही हो जाएगा।"

अंत में एक दिन स्वामीजी अपने शिष्यों सहित नवीनचंद्र के यहाँ भिक्षा करने गए। उसके बाद भी दो-तीन बार और गए। नवीनचंद्र तथा उनकी पत्नी स्वामीजी के अनन्य भक्त हो गए।

एक दिन नवीनचंद्र स्वामीजी से बोले, "महाराज, मुझे भी अपना शिष्य बना लीजिए।"

महाराज हँसकर बोले, "अच्छा! शिष्य बनने की इच्छा है? आध्यात्मिकता की ओर तुम्हारी प्रवृत्ति तो है?"

"बड़ी इच्छा है, महाराज! परंतु कोई सद्गुरु नहीं मिलता था। अब प्रारब्ध की अनुकूलता से आप मिल गए हैं। अतः अब मैं आपसे दीक्षा लेना चाहता हूँ।"

"खूब सोच-विचार लो। यह मार्ग बड़ा कठिन है।"

"मैंने खूब सोच लिया। उसके पश्चात् ही आपसे निवेदन किया है।"

"अच्छा! जैसी तुम्हारी इच्छा, तुम सत्पात्र हो, इस कारण तुम्हें शिष्य बनाने में कोई आपत्ति नहीं।"

यह निश्चय हो जाने पर एक दिन नवीनचंद्र तथा उनकी पत्नी ने स्वामीजी से दीक्षा ले ली।

एक दिन स्वामीजी नवीनचंद्र से बोले, "एक गरीब ब्राह्मण की कन्या का विवाह करना है। बड़ा साधु आदमी है। मेरे पिंड पड़ गया है। मेरी समझ में नहीं आता कि क्या कहूँ।"

"कितना रुपया लेगा?"

"पाँच सौ कहता है।"

"हाँ, इससे कम क्या लगेगा? अच्छी बात है, हो जाएगा प्रबंध।"

"बताओ! मैं संन्यासी आदमी, रुपया कहाँ से लाऊँ? पर वह यह बात समझता ही नहीं।"

"तो क्या चिंता है, महाराज! हमारे पास जो है, वह भी तो आपका ही है। कल रुपया आ जाएगा।"

दूसरे दिन नवीनचंद्र पाँच सौ रुपए लेकर स्वामीजी के पास पहुँचे। स्वामीजी ने ब्रह्मचारी से कहा, "लो यह रुपए लो। एक ब्राह्मण आएगा, उसे दे देना।"

ब्रह्मचारी ने रुपए ले लिये।

नवीनचंद्र ने यह भी न पूछा कि वह बुड्ढा ब्राह्मण कौन है और कहाँ रहता है।

इसके पश्चात् एक सप्ताह व्यतीत हो गया। एक दिन प्रातः कृष्णकुमार घबराए हुए आए और बोले, "आपके गुरुजी गिरफ्तार कर लिये गए।"

नवीनचंद्र बोल उठे, "क्या बकते हो?"

"बिल्कुल ठीक कह रहा है। स्वामीजी एक औरत भगा लाए हैं। उनके नाम वॉरंट था। आज पुलिस ने धर लिया।"

"और वह स्त्री?"

"ब्रह्मचारी ही वह स्त्री निकला। स्वामीजी उसे ब्रह्मचारी बनाकर साथ लिये हुए थे।"

नवीनचंद्र स्तब्ध रह गए।

कृष्णचंद्र बोले, "अब आप जैसा आदमी धोखा खा गया, तब दूसरों की क्या गिनती! अब तो आपको मानना पड़ेगा कि आप सब बातों का तथ्य केवल अपनी बुद्धि के बल से नहीं जान सकते।"

नवीनचंद्र मौन होकर सोचते रहे, तत्पश्चात् कुछ झेंपते हुए बोले, "वाकई! बड़ा गहरा धोखा खा गए। इसका पश्चात्ताप जीवन भर रहेगा। वास्तव में, प्रत्येक बात में बुद्धि काम नहीं देती।"

कृष्णचंद्र बोले, "मैंने देखा है, जो लोग अन्य बातों में बड़े बुद्धिमान होते हैं, वे किसी विषय में इतने बुद्धू होते हैं कि देखकर आश्चर्य होता है।"

नवीनचंद्र बोले, "ठीक कहते हो।"

□

राजपथ

पं. मोतीलाल बिगड़कर बोले, "तू बड़ा देशभक्त और परोपकारी बनकर चला है। जरा जाकर और किसी से तो कह, देखूँ वह कितना क्या करता है।"

मोतीलाल का 22 वर्षीय पुत्र बोला, "हमें दूसरों से क्या मतलब है पिताजी, हमें तो अपना कर्तव्य करना चाहिए। दूसरे चाहे जो करें। जो जैसा करेगा, वह वैसा भरेगा।"

"यह ज्ञान अपना अपने ही पास रख! मुझे इसकी आवश्यकता नहीं है। मैं तो व्यवसायी आदमी हूँ। जब चार पैसे कमाओगे, तब पता लगेगा। अभी तो कुछ कमाना नहीं पड़ता है, इस कारण हरा-हरा दिखाई पड़ रहा है।"

इसी समय पंडितजी के मित्र बाबू दीनानाथ आ गए। उन्होंने पूछा, "क्या बात है मोतीलाल, क्यों बिगड़ रहे हो ?"

पं. मोतीलाल बोले, "क्या बताऊँ भइया, यह लड़का ऐसा सनकी है कि कुछ पूछो नहीं। सारा संसार तो इस समय पैदा करने में लगा है। और पैदा का यही समय है। ऐसा समय बार-बार थोड़े ही मिलता है। फिर तो वही साँझ तक मजूरी करना और खाना।"

"ठीक बात है! यह कहता क्या है ?" दीनानाथ ने पूछा।

"कहता है कि सस्ते भाव पर माल बेचो।"

"क्यों बेटा ?" दीनानाथ ने लड़के से पूछा।

"मेरा यह कहना है कि चाचाजी, जो सरकारी भाव नियत है, उस भाव पर बेचो और अच्छा और साफ दो। यह एक तो सरकारी भाव से कम देते हैं और उस पर भी माल में मिलावट करते हैं। यह बात मुझे नापसंद है। बेईमानी से पैदा करना

मुझे अच्छा नहीं लगता। और मुनाफा तो हमें हर तरह है। नुकसान तो है ही नहीं।"

"मुनाफा है, तू क्या जाने क्या मुनाफा है! और सौ बात की एक बात तो यह है कि जितना अधिक मुनाफा मिलेगा, उतना हम लेंगे। रोजगार इसी का नाम है।" मोतीलाल ने कहा।

"हाँ, परंतु ईमानदारी के साथ।" लड़का बोला।

"ईमानदारी लेकर रोजगार नहीं होता। चला वहाँ से बड़ा युधिष्ठिर बनकर!"

"किया जाए तो सब हो सकता है।" लड़का बोला।

"कौन कर रहा है? बाजार से अलग होकर मैं कुछ कहूँ तो सब मेरे पीछे लग जाएँ।"

"कोई कुछ नहीं बोल सकता। सरकारी भाव पर माल बेचने पर कोई दम नहीं मार सकता।"

इसी समय एक ग्राहक एक बोरी आटा लेने आया। मोतीलाल ने दाम बताए। ग्राहक बोला, "यह तो आप ज्यादा बताते हैं।"

"क्या करें! जो भाव मिलेगा, उसी हिसाब से तो बेचा जाएगा।" मोतीलाल ने कहा।

"बड़ा अंधेर है। भाव कुछ है और देते कुछ हैं।" ग्राहक बोला। मोतीलाल चुप बैठे रहे।

"तो इससे कम न होगा?" ग्राहक ने पूछा।

"जहाँ कम मिले, वहाँ से ले लो!" मोतीलाल ने उत्तर दिया।

"कम कैसे मिले। आप लोग तो एका किए बैठे हैं। जो एक बोला है, वही सब बोलते हैं। अच्छा, एक बोरी निकलवा दीजिए और परचा बना दीजिए।"

"परचा-वरचा नहीं मिलेगा।"

"परचा भी नहीं दीजिएगा।"

"नहीं। कागज मिलता नहीं, परचा कहाँ से दें।"

"ठीक है। खैर! हमें तो लेना है। गरज बावली होती है। जब हमारे भाई ही गला काटने पर उतारू हैं, तब सरकार क्या करे और कोई क्या करे। अंग्रेजों से कहते हैं कि हिंदुस्तान छोड़कर चले जाओ। अंग्रेज इतना बड़ा देश छोड़ने का त्याग करें, परंतु स्वयं दो चार-रुपए के लिए ही भाइयों का गला काट रहे हैं। अपने

भाई भूखे ही मर जाएँ, परंतु यह नहीं हो सकता कि थोड़ा कम मुनाफा खाकर उनका भी पेट भरते रहें।"

मोतीलाल बिगड़कर बोले, "तुम आटा लेने आए हो या उपदेश देने?"

"उपदेश हम क्या दें और किसे दें, कोई सुनता है?"

ग्राहक आटा लेकर चला गया। मोतीलाल का पुत्र दीनानाथ से बोला, "सुना चाचाजी, क्या कह गया?"

दीनानाथ बोले, "अरे बेटा, यह तो दुनिया है। जो जिसके जी में आता है, बकता है।"

"बकता नहीं है। जितनी बातें कह गया, सब सवा सोलह आने ठीक कह गया। हाँ शर्मदार के लिए बहुत कुछ है।"

मोतीलाल बिगड़कर बोले, "तो हम बेशरम हैं। क्यों? सुना दीनानाथ! यह हमारे सपूत हैं। हमें मुँह पर ही बेशरम बना रहा है। नालायक कहीं का।"

दीनानाथ लड़के से बोले, "जाओ बेटा, अपना काम देखो। तुम्हारे पिता जो ठीक समझ रहे हैं, वह कर रहे हैं। तुम्हें इनके काम में दखल नहीं देना चाहिए।"

लड़का चुपचाप चला गया।

□

मोतीलाल का पुत्र श्यामलाल उस दिन घर नहीं लौटा। मोतीलाल दस बजे रात तक प्रतीक्षा करते रहे। क्योंकि वह बहुधा नौ-दस बजे तक घर आता था। दस बज जाने के पश्चात् उन्हें चिंता उत्पन्न हुई। श्यामलाल के मित्रों के यहाँ आदमी दौड़ाए। परंतु वहाँ सब जगह यही जवाब मिला कि यहाँ नहीं है। अब तो मोतीलाल घबराए, उन्होंने दीनानाथ को बुलाया। दीनानाथ के आने पर उनसे बोले, "श्यामलाल का पता नहीं है, जाने कहाँ चला गया।"

"अपने किसी मित्र के यहाँ होगा। चला कहाँ जाएगा!"

"सब जगह दिखवा लिया, कहीं नहीं है।"

"सिनेमा गया होगा।"

"सिनेमा का समय हो गया। दस बजे तक सिनेमा का पहला शो समाप्त हो जाता है। अब तो ग्यारह बज रहा है।"

"आज जो बातचीत हुई थी, कहीं उससे नाराज होकर तो नहीं चला गया!" दीनानाथ बोले।

"यही मेरा भी संदेह है।" मोतीलाल ने कहा।

"तब तो बड़ा पागल है।"

"क्या बताऊँ! भाग्य की बात है। भगवान् इकलौती औलाद न दे। अब यह पागलपन ही तो है। दुनिया अपना कमा रही है। औरों के भी तो लड़के हैं, कोई कुछ बोलता है! क्यों बोलें, जानते हैं कि उन्हीं का तो है। मैं जो कमाता हूँ तो क्या छाती पर धर के ले जाऊँगा। उसी के काम तो आएगा। इतनी बात नहीं समझता, ऐसा मूढ़ है।"

"आजकल के लड़के ऐसे ही सनकी होते हैं।"

इसी समय घर के नौकर ने एक बंद लिफाफा लाकर दिया। मोतीलाल ने पूछा, "कौन लाया है ?"

"यह छोटे बाबू के कमरे में मेज पर धरा था।"

मोतीलाल ने खोला, लिखा था—

"पिताजी,

'अन्यायोपार्जितं वित्तं दशवर्षाणि तिष्ठति। प्राप्ते एकादशे वर्षे समूलैव निश्यति', अर्थात् अन्याय से उपार्जित किया हुआ धन दस बरस तक टिकता है, उसके पश्चात् जड़-मूल को भी लेकर नष्ट हो जाता है, यह शास्त्र का कथन है। आप शास्त्र के भक्त हैं। बड़ी श्रद्धा से शास्त्र सुनते हैं। घंटा भर पूजन करते हैं। परंतु बड़े खेद की बात है कि जब उसे कार्य में परिणत करने का समय आता है, तब आप सब भूल जाते हैं। 'अनभ्यासे विषं शास्त्रं'। जिस शास्त्र का अभ्यास न किया जाए, उसे व्यवहार में न लाया जाए तो वह विष के समान हो जाता है, अर्थात् नष्ट कर देता है। ऐसी विपत्ति के समय में, जब कि सर्वसाधारण अनिवार्य महँगी के कारण कष्ट भोग रहे हैं, आप उनकी सहायता करना तो दूर, उनके कष्टों को बढ़ाने का पाप कर रहे हैं, केवल अपने स्वार्थ के लिए। जनता-जनार्दन का पेट काटकर आप तो धन एकत्र करेंगे, क्या आपको सुखी कर सकेगा, कदापि नहीं। वह हमें जड़-मूल से नष्ट कर देगा, हमारे शरीर से फूट-फूटकर निकलेगा। मैं ऐसा धान्य कभी नहीं खा सकता। इसलिए मैं जा रहा हूँ। यदि आप चाहते हैं कि मैं लौट आऊँ तो मेरे कहे अनुसार कार्य करने को तैयार होकर स्थानीय पत्र में मुझे सूचना दे दी जाए। अन्यथा हरि-इच्छा!

आपका चरणसेवक श्यामलाल"

मोतीलाल ने पत्र पढ़कर दीनानाथ को दे दिया।

दीनानाथ पत्र पढ़ चुके तो मोतीलाल ने कहा, "देखा, कैसा ज्ञान बघारा है।"

दीनानाथ बोले, "भाई मोतीलाल, तुम मेरे मित्र हो, इसलिए मैं कहो तो तुम्हारी हाँ में हाँ मिला दूँ, अन्यथा सच्ची और न्याय की बात तो यह है कि श्यामलाल ने जो लिखा है, वह अक्षरशः सत्य है। सच पूछो तो तुम बड़े भाग्यवान् हो, जो भगवान् ने तुम्हें ऐसा विवेकी और धर्मानुरागी पुत्र दिया है। ऐसे ही पुत्र कुल को तार देते हैं। आखिर तुम्हें करना क्या है! उसी के लिए तो यह सब कर रहे हो। अतः जिस तरह वह प्रसन्न रहे, उसी तरह करो। पाप भी बटोरो और लड़का भी हाथ से जाए, यह कहाँ की बुद्धिमानी है!"

"तुम भी इसे पाप बटोरना कहते हो।" मोतीलाल ने आवेश के साथ कहा।

"भई, दो और दो को चार ही कहा जाएगा, तीन या पाँच नहीं कहा जाएगा। मैं तुम्हीं से पूछता हूँ कि यह क्या पुण्य है?"

"रोजगार केवल बेईमानी का ही नाम है, यह कहाँ लिखा है। और सबकी न कहिए। संसार में लोग डाका भी डालते हैं, चोरी भी करते हैं, हत्या भी करते हैं। धन के लिए मनुष्य कौन सा कुकर्म नहीं करता। पापियों की संख्या तो अधिक ही है। तो क्या हमको पापियों का अनुकरण करना चाहिए? 'अंधेनैव नीयमाना यथान्धाः।' अंधों के पीछे चलने में कुशल नहीं हो सकती, अतः मेरा परामर्श तो यही है कि उसे बुलाकर यह सब कारोबार उसे सौंप दो, वह जैसे चाहे करे। तुम अपना आराम से बैठकर ईश्वराराधन करो।"

"उसे रोजगार का ज्ञान कहाँ है। सब चौपट करके बैठा रहेगा।"

"चौपट कैसे कर देगा। ऐसा नासमझ नहीं है। पढ़ा-लिखा बुद्धिमान है। क्या तुम्हारे जितनी बुद्धि भी उसमें नहीं है?"

"बुद्धि का हाल तो तुम देख ही रहे हो।"

"तो शायद तुम्हारा यह मतलब है कि तुम्हारे जितना बेईमान वह नहीं है।"

"यह तुम क्या कह रहे हो भाई!"

"क्षमा करना मित्र! इस समय मुझे अप्रिय सत्य कहना पड़ रहा है। अन्यथा सब बातों में वह तुमसे अधिक है। इसलिए एक मित्र की हैसियत से मेरा तो परामर्श यही है कि उसे बुलाकर उसके चित्तानुकूल कार्य करो, आगे जैसी तुम्हारी इच्छा!"

"अजी मुझे तो परवाह नहीं है, चला गया है तो चला जाए, परंतु उसकी माँ रो-रो के प्राण दे देगी।"

"खैर, जैसा तुम्हें जान पड़े करो। मुझे जो ठीक जँचा, वह मैंने कह दिया। अब तुम जानो तुम्हारा काम।"

इतना कहकर दीनानाथ विदा हो गए।

□

परंतु दीनानाथ की बात मोतीलाल की समझ में नहीं आई। उनका विचार यही था कि जो ऐसी छोटी बात को इतना बृहत् रूप दे सकता है, उसके भरोसे व्यापार नहीं चल सकता। इतना भावुक आदमी व्यापार नहीं चला सकता। उन्होंने सोचा कि कुछ दिनों में परेशान होकर स्वयं ही आ जाएगा, आखिर रहेगा कहाँ? खाएगा क्या? इस महँगाई में कोई दोस्त, मित्र अथवा रिश्तेदार भी अधिक सहायता नहीं कर सकता।

यह सोचकर मोतीलाल सोंठ होकर बैठ रहे।

इस प्रकार एक मास व्यतीत हो गया। मोतीलाल यद्यपि ऊपर से तो हठ पर अड़े हुए थे, परंतु उनको चैन नहीं था। रात में जब लेटते-बैठते तो विचार आता कि न जाने कहाँ होगा, कैसा होगा। भोजन करने बैठते तो विचार आता कि पता नहीं इस समय श्यामलाल ने खाया होगा या नहीं। हम खा रहे हैं, संभव है वह भूखा ही हो, यह विचार आते ही भोजन से उन्हें अरुचि हो जाती है और वे आधे पेट खाकर ही उठ जाते। रात में चुपके-चुपके रोया भी करते थे। यह सब कष्ट वह सहन कर रहे थे, परंतु दुर्भाग्य से माया-पाश में इतने फँसे हुए थे कि अन्याय से प्राप्त धन का मोह नहीं छूट रहा था। सोचते थे कि कमाई का यही अवसर है, जितना कमाते बने, कमा लो। और सब तो चाँदी काटें और हम धर्म लेकर बैठें। जो ये सब नरक में जाएँगे तो हम भी चले जाएँगे।"

इसी प्रकार एक महीना व्यतीत हो गया। अंत में एक दिन मोतीलाल 'कंट्रोल' भाव से कम बेचने पर धर लिये गए। किसी दिलजले ने खुफिया पुलिस की सहायता से धरवा दिया। जमानत पर छूटकर घर आए तो बहुत ही खफा! बोले, "यह मजा देखिए! सारी मुसीबत हमीं पर आ टूटी। सब ससुरे यही करते हैं, पर उन्हें कोई नहीं पूछता, हमीं को पकड़ा है। एक तो हमारा लड़का चला गया, हम

उसी रंज में मरे जा रहे थे, ऊपर से यह पलेथन!"

दीनानाथ बोले, "अब वह बाजार वाले कहाँ हैं, जिनका आप साथ दे रहे थे। उनसे कहिए, आपको आकर छुड़वाएँ। इतना समझाया, पर न माने। अब भी खैर है, लड़के को बुला लो।"

मोतीलाल बोले, तो बुला लो न! मैं क्या मना करता हूँ। आए अपना देखे-सुने, मेरा पिंड तो किसी तरह छूटे।"

"आखिर, वही काम करोगे, पर छीछालेदर करके; बड़े बुद्धिमान हो।"

"खैर, अब यह करो कि कहीं सजा-वजा न हो जाए, अन्यथा इस बुढ़ापे में मर जाऊँगा।"

यह कहकर मोतीलाल रो पड़े।

दीनानाथ ने उसी दिन स्थानीय पत्र में एक विज्ञापन श्यामलाल के लिए छपने को दे दिया।

□

चौथे दिन श्यामलाल आ गया। मालूम हुआ कि वह नगर में ही अपने एक मित्र के यहाँ छिपा हुआ था। मोतीलाल पुत्र से लिपटकर खूब रोए। बेटा! अब सब कारोबार तुम्हारे सुपुर्द है, जैसा तुम्हें जान पड़े वैसा करो, मुझसे कोई मतलब नहीं। मैं तो अब राम भजन करूँगा।

मोतीलाल पर केवल जुरमाना हो गया, कारावास के दंड से बच गए।

अब आजकल श्यामलाल ही दुकान का काम करता है। उसके कार्यभार सँभलने के थोड़े ही दिन बाद 'मोतीलाल श्यामलाल' का फर्म नगर में एक आदर्श फर्म बन गया। उसका कारोबार खूब बढ़ गया। ईमानदारी और साफ व्यवहार में यह फर्म इतना विख्यात हो गया कि लोग इसका उदाहरण देने लगे। और सबसे बड़ा लाभ जो हुआ, वह यह था कि अन्य दुकानदारों को भी अपने व्यवहार में सुधार करने के लिए विवश होना पड़ा।

□

पहाड़

पं. केदारनाथ त्रिवेदी की आयु 40 वर्ष के लगभग थी। वैसे तो त्रिवेदीजी अच्छे व्यक्ति थे, परंतु उनकी बुद्धि प्राय: उनसे असहयोग कर बैठती थी। हठी भी वे इतने थे कि एक बार जो बात पकड़ ली, फिर उसे बड़ी कठिनता से छोड़ते थे और छोड़ते भी थे, जब स्वयं उनको उससे कोई हानि अथवा क्लेश होता था।

गरमी का मौसम था। त्रिवेदीजी अपने एक मित्र के यहाँ बैठे हुए थे। दो-एक अन्य परिचित भी वहाँ उपस्थित थे। एक महाशय बोले, "इस बार कहीं पहाड़ जाना चाहिए।"

"पहाड़ जाने में कितना खर्च लगता है?" दूसरे व्यक्ति ने पूछा।

"अरे भई! शिमला, मसूरी-नैनीताल जाओ, तब तो खर्च अधिक पड़ता है। मुख्य समस्या निवास-स्थान की है। रहने की जगह बड़ी महँगी मिलती है।"

"जी हाँ! रहने की जगह मिल जाए, तब कोई अधिक खर्च नहीं है।"

"तो मुख्य खर्च रहने के स्थान का है।"

"जी!"

"भला कितना किराया लगता होगा एक महीने का?"

"वह तो पूरे मौसम का ले लेंगे, आप चाहे जितने दिन रहें।"

"यह क्यों?"

"यह इसलिए कि जो मकान घिर गया, वह फिर नहीं उठता। चाहे बाद में जल्दी ही खाली हो जाए।"

"ठीक बात है। सब अपना ठिकाना गरमी के आरंभ में ही कर लेते हैं!"

"बल्कि सर्दी के अंतिम दिनों में ही स्थान बुक हो जाते हैं।"

एक महाशय बोल उठे, "भुवाली पहाड़ अन्य पहाड़ों की अपेक्षा सस्ता पड़ता है।"

"यह क्यों?"

"वहाँ भीड़-भाड़ नहीं होती। केवल टी.वी. के रोगी तथा उनके संबंधी ही जाते हैं। वहाँ मकानों का किराया इतना अधिक नहीं है।"

"परंतु भुवाली तो टी.वी. का सेनीटोरियम है।"

"हाँ! पर है तो पहाड़ी जगह और बड़ी स्वास्थ्यप्रद, इसीलिए वहाँ सेनीटोरियम बनाया गया है।"

"ठीक है, यह बात ठीक कही आपने।"

"तो भुवाली ही चला जाए!"

त्रिवेदीजी के मित्र बोल उठे, "मेरे एक मित्र वहाँ गए हैं, बल्कि उन्होंने मुझे लिखा भी है कि चले आओ, पर मेरा तो जाना नहीं हो सकता।"

"उनके मकान में जगह है?" त्रिवेदीजी ने पूछा।

"काफी जगह है।"

त्रिवेदीजी विचार-मग्न हो गए। कुछ देर बाद उन्होंने मित्र से कहा, "कोई साथी मिले तो मैं चला जाऊँ।"

"साथी तो वहाँ मिल जाएँगे। आप जाइए तो बड़ा अच्छा रहे। मैं मित्र को चिट्ठी लिख दूँ।"

"अकेले जाने की इच्छा नहीं होती।"

"अजीब आदमी हो। यह भी कोई मेला-तमाशा है क्या? तुम्हें पहाड़ जाना है तो जाओ। इसमें साथी ढूँढ़ने की क्या आवश्यकता है। आप वहाँ चले जाइए, स्वास्थ्य सुधर जाएगा।"

"स्वास्थ्य की ही दृष्टि से तो मेरा भी विचार था।"

"विचार था तो उसे पूरा कर डालिए।"

"अच्छा, कल बतलाऊँगा।"

"हाँ, लेकिन जाना हो तो जल्दी ही तय कर डालो। ऐसा न हो कि कोई और पहुँच जाए।"

"मैं कल अवश्य उत्तर दूँगा।"

"तो ठीक है।"

"आप चिट्ठी लिखेंगे।"

"हाँ, एक यहाँ से डाक द्वारा भेज दूँगा और एक आपको दे दूँगा।"

"वाह-वाह! बस काम बन गया।"

"अकेले जाओगे?"

"हाँ, अभी तो अकेले ही जाऊँगा। वहाँ अवसर देखकर घरवालों को भी बुला लूँगा।"

"कौन बहुत आदमी हो—कुल तीन आदमी, पत्नी और लड़का।"

"हाँ, तब भी एक बार वहाँ की स्थिति देखे बिना…।"

"अच्छी बात है।"

त्रिवेदीजी विदा हुए।

□

घर आकर अपनी पत्नी से बोले, "पहाड़ जाने का डौल लग रहा है—बड़े सस्ते में! कहो, चला जाऊँ।"

"चले जाओ।"

"तुम भी चलोगी?"

"मैं नहीं जाती, पहाड़-वहाड़।"

"अच्छा वहाँ मौका देखकर तुम्हें लिखूँगा। यहाँ का काम तो मेरे बिना चल जाएगा?"

"हाँ! सिरीकिसन (पुत्र का नाम) सब कर लेगा।"

"तो वहाँ चिट्ठी लिखवा दूँ?"

"लिखवा दो।"

पत्नी से परामर्श करके त्रिवेदीजी ने प्रसन्नतापूर्वक जाने का निश्चय कर लिया।

दूसरे दिन मित्र के यहाँ पहुँचकर चिट्ठी लिखने को कह भी दिया।

मित्र ने कहा, "जब तक चिट्ठी का जवाब आए, तब तक आप तैयारी कर रखिए। जवाब आते ही चल दीजिएगा।"

"तैयारी क्या, खाली बिस्तर और एक ट्रंक! हाँ, कपड़े गरम ले जाऊँ या ठंडे?"

"ठंडे ले जाइए। एकाध गरम सूट रख लीजिएगा।"

"और बिस्तर?"

"बिस्तर में कंबल!"

"कंबल या रजाई।"

"रजाई वहाँ काम न देगी, कंबल ले जाइएगा, रजाई नम हो जाती है।"

"अच्छा, यह क्यों?"

"वहाँ की हवा में जलांश अधिक होता है। इस कारण रजाई नम हो जाती है।"

"अच्छी बात है, कंबल रख लेंगे।"

सब बातें निश्चय करके त्रिवेदीजी घर लौटे और चिट्ठी का जवाब आने की प्रतीक्षा करने लगे।

"दो दिन में कुछ अन्य लोगों को भी पता लग गया कि त्रिवेदीजी पहाड़ जा रहे हैं। एक परिचित रास्ते में मिले तो उन्होंने त्रिवेदीजी से पूछा, "सुना, पहाड़ जा रहे हो?"

"हाँ, इरादा तो है।"

"कहाँ जाओगे, मसूरी या नैनीताल?"

"भुवाली!"

"तभी तो वहाँ स्वास्थ्य अधिक सुधरेगा। वहाँ का जलवायु उत्तम पाकर ही तो वहाँ सेनीटोरियम बनाया गया है।"

मित्र ने मुसकराकर कहा, "यह बात शायद और लोगों को नहीं मालूम! मालूम होती तो मसूरी-नैनीताल न जाकर भुवाली ही जाते।"

"खैर यह तो मुझे पता नहीं कि क्यों नहीं जाते।"

एक अन्य परिचित मिले। उन्होंने प्रश्न किया, "सुना, तुम कसौली जा रहे हो?

"कसौली!"

"हाँ! क्या पागल कुत्ते ने काट लिया था?"

"पागल कुत्ते ने काटा होगा आपको!"

"तब फिर कसौली क्यों जा रहे हो?"

"कसौली जा कौन कंबख्त रहा है।"

"तब फिर कहाँ जा रहे हो?"

"भुवाली!"

"अरे हाँ, भुवाली! मैंने भुवाली ही सुना था। तो वहाँ क्यों जा रहे हो?"

"ऐसे ही स्वास्थ्य सुधारने।"

"वहाँ स्वास्थ्य सुधरता है?"

"हाँ, क्यों? जब टी.वी. वाले अच्छे हो जाते हैं। तब साधारण स्वास्थ्य की तो बात ही क्या है?"

"शायद! भुवाली जाते कभी किसी को सुना नहीं।"

"जो जानते हैं, वे जाते हैं।"

एक अन्य परिचित मिले। उन्होंने मिलते ही प्रश्न किया, "क्या तुम्हें टी.वी. हो गया है?"

"किसे? मुझे!"

"हाँ!"

"मुझे टी.वी. क्यों होता?"

"तब भुवाली क्यों जा रहे हो?"

"स्वास्थ्य सुधारने।"

"स्वास्थ्य सुधारने के लिए स्थान खूब चुना। भुवाली का वायुमंडल टी.वी. के कीटाणुओं से भरा रहता है।"

"जी हाँ! आपके कहने से। वहाँ के वायुमंडल में टी.वी. के कीटाणु रह ही नहीं सकते।"

"खैर, तुम जानो! हमने तो जो सुना वह कहा।"

इस प्रकार कई आदमी मिले और उनमें से कुछ ने यही प्रश्न किया, क्या टी.वी. का शक है? टी.वी. हो गया है! ज्वर बस गया है, इत्यादि! त्रिवेदीजी झल्ला-झल्ला उठते थे। कहते थे, "सब गधे हैं! ये लोग यही समझते हैं कि टी.वी. होने पर ही भुवाली जाया जाता है। खूब!"

एक सप्ताह पश्चात् मित्र ने सूचना दी कि चिट्ठी आ गई है और आप जा सकते हैं।

"अच्छी बात है तो कल चला जाऊँ?"

"हाँ, कल चले जाइए। कल कौन दिन है बृहस्पति, बस ठीक है। कल दिन भी अच्छा है।"

मित्र ने एक चिट्ठी लिखकर त्रिवेदीजी को दे दी।

□

त्रिवेदीजी काठगोदाम तक तो निरापद चले गए। काठगोदाम से जब मोटर पर चले तो चक्कर आने लगा। मोटर की खिड़की पर सिर धरे मुर्दा जैसे पड़े थे। बीच-बीच में कै भी हो जाती थी। त्रिवेदीजी मन-ही-मन कह रहे थे, 'ऐसा जानते तो कभी न आते।'

खैर, किसी प्रकार अपने निर्दिष्ट स्थान पर पहुँचे। यह स्थान एक खड्ढ में था। मकान बहुत साधारण तथा छोटा था। उस मकान के आसपास पहाड़ी डोमों के घर थे।

त्रिवेदीजी इस मकान में ठहरकर प्रसन्न नहीं हुए। सबसे अधिक बात जो उन्हें अखरती थी, वह ऊपर बाजार में आना। ऊपर आते-आते त्रिवेदीजी भैंसें की तरह हाँफने लगते थे और आकर दस-पंद्रह मिनट सुस्ता लेते थे, तब आगे बढ़ते थे। मन में सोचने लगे, यह दशा तो हमारा स्वास्थ्य खराब कर देगी। ठंडक यहाँ अवश्य है, परंतु उतरने-चढ़ने की मुसीबत भी कम नहीं है। ऊपर आकर देखते कि कोई पेशाब जाँच कराने लिये जा रहा है, कोई पखाना, कोई थूक! परस्पर जब मिलते थे तो यह प्रश्न करते थे कि "आपके मरीज का क्या हाल है?"

त्रिवेदीजी परेशान! सोचते थे, 'यहाँ रात-दिन रोगियों का ही वृत्तांत सामने रहता है। कोई और बात नहीं। नीचे से ऊपर आओ तो प्राणों का संकट। ऊपर आओ तो रोगियों की दशा सुनो, घूमने का भी कोई अच्छा स्थान नहीं। बाजार बिल्कुल छोटा सा। अन्य सब जंगल, उतार-चढ़ाव! इसी का नाम पहाड़ है।'

एक दिन त्रिवेदीजी को लौटने में कुछ विलंब हो गया। अँधेरा हो चला। लोगों ने पहले से ही उन्हें सतर्क कर दिया था कि कभी-कभी इधर भालू आ जाते हैं, उनसे होशियार रहना। त्रिवेदीजी चले तो चौकन्ने। तेज कदम लपके चले जा रहे थे और चारों ओर देखते जाते थे। न जाने क्यों उनको ऐसा प्रतीत हो रहा था कि किसी ओर से भालू उन पर झपटना ही चाहता है।

कुछ दूर पर एक पहाड़ी कंबल ओढ़े आ रहा था। उसे देखकर त्रिवेदीजी समझे कि भालू है। बस इतना सोचना था कि बगटुट भागे।

उतार पर आकर जल्दी-जल्दी घबराकर जो उतरने लगे तो पत्थर पर पैर पड़ा, वह पत्थर लुढ़का तो आप भी उसके साथ-साथ लुढ़कते नीचे चले गए। पीछे से दो-चार छोटे पत्थर उनकी छाती पर आकर लगे। त्रिवेदी समझे कि भालू ने छाती पर पंजा मारा। अतः हलक फाड़कर चिल्लाए, "अरे दौड़ो, भालू ने खा डाला।"

कुछ डोम दौड़ पड़े। उन्होंने आकर त्रिवेदीजी को उठाया। त्रिवेदीजी बोले, "भालू!"

एक डोम बोला, "भालू, यहाँ कहाँ पंडितजी!"

"मैंने खुद अपनी आँखों से देखा।"

"भालू इधर कम आते हैं।"

"बहुत कम में ही आज का दिन होगा।"

त्रिवेदीजी को लाख समझाया गया, पर उन्होंने न माना। बोले, "अपनी आँखों से देखे को कैसे झूठ गान लूँ।"

त्रिवेदीजी का शरीर कई जगह से छिल गया था। पैर में मोच भी आ गई थी। लँगड़ाते हुए निवास स्थान पर पहुँचे।

वहाँ जाकर अपने आतिथेय से बोले, "बस, मैंने तो भर पाया! अब कल चला जाऊँगा।"

"क्यों-क्यों?"

"अजी बस रहने दीजिए। बड़े नाम सुने थे पहाड़ के! यहाँ आकर सब कलई खुल गई। सवेरे उठो तो चारों तरफ घटाटोप पहाड़! जानो कैदखाने में पड़े हैं। ऊपर जाओ तो जान निकल जाती है। किसी तरह पहुँचो तो क्या देखो, कहाँ घूमो! मरीजों के हाल सुन-सुनकर और जी घबराता है।"

"आपको इन झगड़ों से क्या मतलब! आप अपना स्वास्थ्य सुधारिए।"

"ये स्वास्थ्य सुधारने की बातें हैं या बिगड़ने की। मैं यहाँ रहूँगा तो बीमार पड़ जाऊँगा।"

आतिथेय ने कहा, "आप भी क्या बात करते हैं।"

"मैं बिल्कुल ठीक बात करता हूँ।"

त्रिवेदीजी किसी तरह न माने और यद्यपि उनके पैर की मोच पूर्णतया ठीक नहीं हुई थी, तथापि वे वहाँ से चल दिए।

त्रिवेदीजी ने घर आकर कसम खा ली कि वे पहाड़ कभी न जाएँगे और भुवाली तो कदापि नहीं जाएँगे।

□

युगधर्म

रात के नौ बज चुके हैं। नगर की गलियों में निःस्तब्धता का शासन प्रारंभ हो गया है। ऐसे ही समय में एक नवयुवक जिसकी आयु लगभग 24 वर्ष की होगी, नगर की एक तंग तथा अँधेरी गली में चला जा रहा था। गली में एक मकान के द्वार पर पहुँचकर वह रुक गया और उसने कपाट की कुंडी खटखटाई। कुंडी खटखटाने के एक मिनट पश्चात् द्वार खुला। नवयुवक ने अंदर प्रवेश करके पहले द्वार बंद किया, तत्पश्चात् भीतर की ओर चला। घर बहुत छोटा था। बीच में एक छोटा सा आँगन था। आँगन के तीन ओर तीन दालान तथा तीन कोठरियाँ थीं। चौथी ओर बाहर आने-आने के लिए द्वार था तथा उसी के पास पाइप लगा था। इस समय एक दालान तथा उसके पीछे वाली कोठरी में दो दीपक टिमटिमा रहे थे। शेष घर अंधकार में डूबा हुआ था। दालान में एक अर्धवयस्क स्त्री खड़ी थी। उसने नवयुवक को देखते ही कहा, "आ गए, आज बड़ी देर लगाई ?"

नवयुवक बोला, "हाँ, आज बाबू लक्ष्मीनारायण के यहाँ चला गया था।" यह कहता हुआ नवयुवक दालान में पहुँचा और एक बिछी हुई चारपाई के पास खड़े होकर कपड़े उतारने लगा। कपड़े उतारकर उसने चारपाई पर पड़ा हुआ, एक पंखा उठा लिया और उसे झलता हुआ चारपाई पर बैठ गया। थोड़ी देर तक वह चुपचाप बैठा रहा। स्त्री भी भूमि पर बैठी पंखा झलती रही। तदुपरांत उसने पूछा, "कमला क्या सो गई ? स्त्री ने कहा, "हाँ, सो ही गई होगी, रोटी खाके ऊपर चली गई थी। तू भी खा ले।"

नवयुवक : हाँ, खाता हूँ, जरा पसीना सूख जाए। आज बड़ी गरमी है।

स्त्री : कुछ पूछो न, गरमी के मारे तो प्राण व्याकुल हैं।

कुछ क्षणों तक पुनः दोनों मौन बैठे रहे। हठात् नवयुवक ने कहा, "अम्माँ, मेरी एक बात मानोगी?"

नवयुवक की माता ने उत्सुक होकर पूछा, "कौन सी बात?"

नवयुवक : पहले यह बता दो मानोगी कि नहीं?

माता : मानने जोग होगी तो मानूँगी।

नवयुवक : है तो मानने योग्य ही।

माता : तो मान लूँगी।

नवयुवक : कमला का विवाह कर दो।

नवयुवक ने दीपक की क्षीण ज्योति में देखा। उसके वाक्य सुनते ही माता के मुख पर विस्मय तथा अप्रसन्नता के भाव उदय हो आए। वह कुछ क्षणों तक अवाक् होकर पुत्र का मुँह ताकती रही। नवयुवक ने समझ लिया कि माता उसके मुख से ऐसी बात सुनने के लिए प्रस्तुत न थी।

माता ने कहा, "क्या कहा, तूने क्या कहा? कमला का विवाह। जान पड़ता है, तू आज भाँग बहुत पी गया है।"

नवयुवक : नहीं, मैंने भाँग-वाँग नहीं पी है। मैं अपने होश में हूँ और मैंने बहुत सोच-समझकर ही यह बात कही है।

माता : तू पागल हो गया है, भला विधवा का भी कहीं ब्याह होता है?

नवयुवक : जब तक आवश्यकता नहीं थी, तब नहीं होता था। अब आजकल इसकी आवश्यकता है। अब होना चाहिए।

माता : दूर, मेरे सामने ऐसी बात फिर कभी न कहना। तुझे ऐसी बात कहते लाज नहीं लगती?

नवयुवक : नहीं बिल्कुल नहीं, बल्कि मुझे इस बात में लाज लगती है कि मेरी बहन विधवा है।

माता : तुझे आज क्या हो गया है? भला इसमें काहे की लाज? भगवान् की जो इच्छा थी सो हुआ, यह अपने बस की बात थोड़ी ही है।

नवयुवक : यह सब ढकोसला है। कमला बाल-विधवा है। उसने पति का

मुँह तक नहीं देखा। ऐसी दशा में उसका विवाह कर देना आवश्यक है।

माता : क्यों ?

नवयुवक : इसलिए कि आजकल विधवाओं का, विशेषत: ऐसी विधवाओं का, जो जवानी के आरंभ में ही विधवा हो जाती हैं, सतीत्व सदा खतरे में रहता है।

माता : पहले भी तो स्त्रियाँ विधवा होती थीं।

नवयुवक : पहले की बात जाने दो। पहले विधवाएँ सुरक्षित रह सकती थीं। आजकल वह बात नहीं है। आजकल विधवाओं को भ्रष्ट करने के बहुत से साधन उत्पन्न हो गए हैं। ऐसी दशा में घर में युवती विधवा का रहना पाप है।

माता : तेरी ये ऊटपटाँग बातें मेरी समझ में नहीं आतीं।

नवयुवक : समझ में आए या न आएँ, पर मेरी बात माननी पड़ेगी।

माता : मैं तेरी यह बात कभी नहीं मानूँगी।

नवयुवक : मानोगी और अवश्य मानोगी, मैं मनवा दूँगा।

माता : कैसे मनवा देगा ? मैं कोई बच्चा तो हूँ नहीं।

नवयुवक : पहले मेरी सब बातें सुन लो।

माता : सुनूँ क्या पत्थर, कुछ बात भी तो हो।

नवयुवक : पहले सुन तो लो।

माता : अच्छा कह !

नवयुवक : देखो, आजकल ऐसा समय है कि अपने और पराए सब जवान विधवाओं की ताक में रहते हैं। जिस घर में एक भी जवान विधवा होती है, बदमाशों और गुंडों की दृष्टि उस घर पर विशेष रूप से रहती है। आजकल मुसलमान विशेष रूप से हिंदू-विधवाओं की ताक में रहते हैं। वे तो खुले रूप से कहते हैं कि हिंदू-विधवाएँ उनकी संपत्ति हैं। मुसलमान ही क्यों, हिंदुओं में क्या बदमाश और गुंडे कम हैं। तीन-चार विधवाओं की तो खबर हमें-तुम्हें है, जो घर से निकल गईं,

और इसी एक बरस के अंदर।

माता : हाँ तो इससे क्या हुआ, बदमाश थीं, निकल गईं। भलीमानस ऐसा थोड़ा ही कर सकती हैं।

नवयुवक : तो तुम्हारी लड़की सीता-सावित्री बनी रहेगी, इसका तुम्हारे पास क्या सबूत है?

माता : अरे मनोहर, तुझे हो क्या है! अपनी सगी बहन के संबंध में ऐसी बात मुँह से निकालता है।

मनोहर : सच्ची बात कड़वी होती ही है। परंतु उन पर विचार करना चाहिए। सच्ची बातें कहने-सुनने में बुरी मालूम होती हैं। केवल इतने से ही उन्हें न छोड़ देना चाहिए। जब तक मनुष्य प्रलोभनों में नहीं पड़ता, उस समय तक उसे चाहे जो कह लो, चाहे साधु कह लो, चाहे महात्मा। यह मैं मानता हूँ कि कमला अभी तक निष्पाप है, निष्कलंक है। परंतु इसमें उसकी कोई खूबी नहीं, क्योंकि उसे अभी तक न कोई ऐसा सुयोग प्राप्त हुआ है और न उसके सामने प्रलोभन आए हैं। परंतु सुयोग और प्रलोभनों के प्रस्तुत होने पर भी वह निष्पाप तथा पवित्र बनी रह सकेगी, इसमें संदेह है। जवानी का झोंका सँभालना कोई खेल नहीं है?

माता : हमारे इस मोहल्ले में चारों ओर भलेमानस लोग रहते हैं। हमारी लड़की भी सुशील है, समझदार है। हमें डर किस बात का है।

मनोहर : वे सब भलेमानस तो हैं, पर वे महात्मा और जितेंद्रिय नहीं हैं। परिस्थिति सबकुछ करा लेती है। परिस्थिति और प्रलोभन में पड़कर वे लोग भी जो प्रकट में बड़े भले दिखाई पड़ते हैं, बुरे काम कर बैठते हैं। युवती विधवा को अविवाहित रखना, दूसरों के लिए और स्वयं विधवा के लिए ऐसी परिस्थिति उत्पन्न कर उसका पवित्र रह सकना बहुत कठिन है। उसकी ससुराल वाले उसको अपने यहाँ क्यों नहीं रखते?

इसका कारण यही है कि वे इस बात को समझते हैं कि घर में जवान विधवा का रहना ठीक नहीं। न जाने कब क्या हो जाए। इसलिए मैं तुमसे जोर देकर यह बात कहता हूँ कि या तो उसका विवाह कर दो या फिर उसे संखिया खिला दो। जिस दशा में वह आजकल है, उस दशा में मैं उसे अपने घर में कदापि नहीं रख सकता।

माता ने इसका कोई उत्तर नहीं दिया, चुपचाप सिर झुकाकर सोच में पड़ गई। यह देखकर मनोहर ने कहा, "इस पर खूब सोच लो, कोई जल्दी नहीं है। जो बात समझ में न आए, जो शंका हो, उस पर मुझसे बात कर लो।"

माता : ब्याह करने से बड़ी बदनामी होगी। हम जाति-बाहर कर दिए जाएँगे। कुल को दाग लग जाएगा। तेरा ब्याह, तेरे लड़के बच्चों का ब्याह-जनेऊ?…

मनोहर : यह सबकुछ नहीं होगा। अब वह समय नहीं रहा।

माता : अच्छा तू रोटी तो खा। मैं इसका जवाब सोच-समझकर दूँगी।

यह कहकर माता उठ खड़ी हुई।

□

मनोहरलाल मिश्र कान्यकुब्ज ब्राह्मण हैं। कुलीन होने के कारण उनकी मर्यादा भी अधिक है। उनके परिवार में इस समय केवल तीन प्राणी हैं। एक तो वह स्वयं, दूसरी उनकी माता, तीसरी उनकी विधवा भगिनी; जिनकी आयु इस समय 18-19 वर्ष के लगभग है। उनकी बहन कमला का विवाह उस समय हुआ था, जब वह केवल दस वर्ष की थी। विवाह होने के तीन वर्ष पश्चात् ही कमला विधवा हो गई। मनोहरलाल का विचार था कि कमला का गौना उसके चौदह वर्ष की होने पर करेंगे, परंतु उनकी यह अभिलाषा फलीभूत न हो सकी और कमला गौना होने के पूर्व ही विधवा हो गई। विधवा होने के पश्चात् कमला के ससुराल वाले भी उसकी ओर से उदासीन हो गए। मनोहरलाल ने कई बार उनसे अनुरोध किया कि वे कमला को अपने यहाँ रखें; पर उन्होंने कमला को अपने यहाँ रखना स्वीकार न किया।

मनोहरलाल गरीब है। उनके पिता पंडिताई करके अपना उदर-पोषण करते

थे। समस्त आयु पंडिताई करके वे केवल एक छोटा सा मकान बना पाए। यही एक संपत्ति उन्होंने अपनी मृत्यु के पश्चात् मनोहरलाल के लिए छोड़ी। कमला के विधवा होने के एक वर्ष पश्चात् ही उसके पिता का देहांत हो गया था। मनोहरलाल उस समय स्कूल लीविंग क्लास में पढ़ते थे। पिता की मृत्यु के पश्चात् मनोहरलाल ने अपनी शिक्षा किस प्रकार जारी रखी और साथ ही वह अपना और अपनी माता तथा भगिनी का उदर-पोषण किस प्रकार करते रहे, यह बात जो लोग जानते हैं। वे मुक्त कंठ से मनोहरलाल के साहस, उद्योग तथा धैर्य की प्रशंसा करते हैं। केवल पच्चीस रुपए मासिक के ट्यूशन करके मनोहरलाल अपना तथा अपने परिवार का उदर-पोषण करते रहे और साथ ही पढ़ते भी रहे। अब आजकल वह फोर्थ ईयर में पढ़ते हैं। आजकल उनके पास पच्चीस रुपए मासिक के दो ट्यूशन हैं। सुबह सात बजे से लेकर शाम के आठ बजे तक उनका समय स्वयं शिक्षा प्राप्त करने और दूसरों को शिक्षा देने में व्यतीत होता है। इस बीच में उन्हें केवल दो घंटे अवकाश मिलता है।

उपर्युक्त घटना के दो दिन पश्चात् शाम को छः बजे के लगभग मनोहरलाल एक विशाल भवन के एक सुसज्जित कमरे में बैठे एक 14 वर्ष के लड़के को पढ़ा रहे थे। इस लड़के का बड़ा भाई मनोहरलाल का सहपाठी तथा परम मित्र था। साढ़े छह बजे तक मनोहरलाल पढ़ाते रहे। साढ़े छह बजने पर मनोहरलाल के मित्र आनंदीप्रसाद बाहर घूमने जाने के लिए तैयार होकर उस कमरे में आए और मनोहरलाल से बोले, "कहो भाई, घूमने चलते हो?" मनोहरलाल कमरे में लगे हुए क्लॉक की ओर देखकर बोले, "अभी तो मेरी छुट्टी में आधे घंटे की देर है।"

आनंदीप्रसाद ने कहा, "छुट्टी कैसी, छुट्टी के क्या अर्थ! चलो उठो।" यह कहकर उन्होंने अपने छोटे भाई से पूछा, "क्यों, तुम्हें कुछ और पूछना हो तो पूछ लो।"

उनका भाई बोला, "मुझे तो अब कुछ नहीं पूछना है।"

आनंदीप्रसाद : तब फिर क्या, उठो मनोहरलाल, चलो चलें। मनोहरलाल उठ खड़े हुए।

बाहर फिटन जुती हुई खड़ी थी। आनंदीप्रसाद मनोहरलाल को साथ लिये हुए फिटन में आ बैठे। फिटन चली।

दस मिनट तक दोनों चुपचाप बैठे रहे। हठात् आनंदीप्रसाद बोल उठे, "मनोहरलाल, मैं देख रहा हूँ कि तुम दो-चार दिन से कुछ चिंतित रहते हो। कॉलेज में भी तुम गुम-सुम बैठे रहते हो।"

मनोहरलाल किंचित मुसकराकर बोले, "नहीं, चिंतित तो नहीं रहता।"

आनंदी : चिंतित कैसे नहीं रहते, जो तुम्हारा स्वभाव न जानता हो, उससे कहो।

मनोहरलाल कुछ खिन्न हँसी हँस पड़े।

आनंदीप्रसाद : क्यों, क्या बात है?

मनोहरलाल : क्या बताऊँ!

आनंदी : कुछ तो बताओ।

मनोहरलाल : मुझे आजकल अपनी बहन के विवाह की बड़ी चिंता है।

आनंदीप्रसाद कुछ विस्मित होकर बोले, "बहन के विवाह की! किस बहन का विवाह? तुम्हारे तो एक ही बहन है।"

मनोहरलाल : हाँ, उसी के विवाह की।

आनंदीप्रसाद और अधिक विस्मित होकर बोले, "परंतु वह तो विधवा है।"

मनोहरलाल : हाँ।

आनंदीप्रसाद : तो क्या उसका विधवा-विवाह करोगे?

मनोहरलाल : हाँ।

आनंदीप्रसाद : अच्छा! यह एक नई बात सुनने में आई। इतना साहस तुम में है?

मनोहरलाल : आवश्यकता ने साहस उत्पन्न कर दिया है। आवश्यकता सबकुछ करा लेती है। एक समय था, जब हिंदू स्त्रियों को परदे में रखने की अत्यंत आवश्यकता थी, अतएव हिंदुओं में परदे की प्रथा प्रचलित हुई। वह समय मुसलमानों के शासनकाल का समय था। एक समय था, जब स्त्रियाँ स्वेच्छा से सती होती थी। उसके पश्चात् एक वह समय भी आया, जब विधवाएँ उनकी इच्छा के विरुद्ध जबरदस्ती पति की चिता पर रखकर जला दी जाती थीं। क्यों, इसलिए

कि वे मुसलमानों के हाथ में न पड़ें। अब हम लोग न तो वैसे परतंत्र हैं और न उतने हृदय-हीन, अतएव अब इस बात की आवश्यकता है कि उनका पुनर्विवाह कर दिया जाए।

आनंदीप्रसाद : तो आजकल तुम्हारी समझ में विधवा-विवाह की आवश्यकता है।

मनोहरलाल : क्या तुम्हारी समझ से यह बात नहीं है? हिंदू-स्त्रियों विशेषत: विधवाओं पर आजकल विधर्मियों का कितना दाँत है, यह बात क्या तुम नहीं जानते?

आनंदीप्रसाद : वे सब बदमाश हैं, गुंडे हैं।

मनोहरलाल : परंतु उनको भला आदमी बनाना तुम्हारे बस की बात नहीं। न केवल उन्हें बुरा-भला कहकर बैठे रहने से ही कोई लाभ है। चोर को भला-बुरा कहने की अपेक्षा अपने धन की रक्षा का उपाय करना अधिक अच्छा होता है।

आनंदीप्रसाद : हाँ, यह तो ठीक है। परंतु अपने लोगों में तो अभी यह बात प्रचलित नहीं।

मनोहरलाल : जब तक कोई आगे न बढ़ेगा, जब तक कोई अपने को भेंट न चढ़ाएगा, तब तक कैसे प्रचलित होगी। याद रखो, आगे चलनेवाला एक्का-दुक्का होता है, शेष सब अनुकरण करनेवाले होते हैं।

आनंदीप्रसाद : अच्छी बात है, आगे चलो, परंतु चिंता करने की कौन सी बात है?

मनोहरलाल : चिंता की यह बात है कि उसके लिए कोई वर नहीं मिल रहा है। विधवा से विवाह करने के लिए कोई तैयार नहीं होता।

आनंदीप्रसाद : हाँ, यह कठिनाई तो अवश्य पड़ेगी। हम लोगों में तो इसके विरोधी प्राय: सभी हैं। हाँ, यह तो बताओ, तुम्हारी माता इसके लिए राजी हो गई?

मनोहरलाल : हाँ, उनको तो मैंने ऊँच-नीच दिखाकर राजी कर लिया है।

उस ओर से तो मैं निश्चिंत हो गया हूँ, परंतु बड़ी भारी चिंता तो यह है कि उससे विवाह करेगा कौन?

आनंदीप्रसाद : उसकी आयु क्या है?

मनोहरलाल : अठारहवाँ साल है। तेरह वर्ष की आयु में विधवा हुई थी। बेचारी ने पति का मुँह भी अच्छी तरह नहीं देख पाया।

आनंदीप्रसाद : ऐसी बाल-विधवा का विवाह करना बुरा नहीं, पर वर कहाँ मिलेगा। यह समस्या कठिन है। अपने को कौन नक्कू बनाएगा?

मनोहरलाल : जो अपनी इस कमी को, हिंदू जाति की इस कमजोरी को पूर्णरूप से समझेगा और महसूस करेगा, वही इसके लिए तैयार हो सकता है।

आनंदीप्रसाद : ऐसे बहुत से आदमी हैं, जो इसे महसूस करते हैं, परंतु फिर भी वे ऐसा करने का साहस नहीं कर सकते।

मनोहर : क्यों?

आनंदी : सामाजिक बंधनों के कारण।

मनोहरलाल ने घृणा से मुँह बनाकर कहा, "हिश्, जो सामाजिक बंधनों से भय खाकर कोई सुधार कार्य नहीं कर सकते, वे उसकी आवश्यकता महसूस नहीं करते। जो आवश्यकता अनुभव करेगा, वह संसार की किसी शक्ति से भय नहीं खा सकता। मुझको ही देख लो, मैं अपनी बहन का विवाह करने को प्रस्तुत हूँ। मैं किसी से भय नहीं खाता।

आनंदी : सब तुम्हारे जैसे थोड़े ही हैं।

मनोहर : सब न हों, मुझे केवल एक साहसी आदमी की आवश्यकता है।

आनंदीप्रसाद विचार-सागर में डूब गए, उन्होंने मनोहरलाल की बात का कुछ उत्तर न दिया।

थोड़ी देर तक दोनों मौन बैठे रहे।

मनोहरलाल ने पुनः वार्त्तालाप आरंभ किया, बोले, "आनंदीप्रसाद!"

आनंदी : कहो!

मनोहर : मैं तुम्हें अपना परम मित्र समझता हूँ।

आनंदी : यह तुम्हारा प्रेम और स्नेह है। मैं तुम्हें अभिन्न समझता हूँ।

मनोहर : यदि यह बात है तो तुम इस कार्य में मेरी सहायता करो।

आनंदी : किस प्रकार ?

मनोहर : कमला के लिए कोई वर तलाश करो। यदि कोई व्यक्ति ऐसा हो, जिस पर तुम्हारा प्रभाव हो; उसे उद्यत करो।

आनंदी : बड़ा कठिन कार्य बताते हो, भाई मनोहर!

मनोहर : कठिन कार्य मित्रों को ही बताए जाते हैं, राह चलतों को नहीं।

आनंदी : ठीक कहते हो, जी-जान से चेष्टा करूँगा।

□

उपर्युक्त घटना के पश्चात् पंद्रह दिवस व्यतीत हो गए।

कॉलेज में इंटरवल हुआ। मनोहरलाल तथा आनंदीप्रसाद दोनों साथ-साथ बाहर निकले और कॉलेज कंपाउंड के एक सघन कुंज में घास पर जा बैठे। कुछ क्षणों तक दोनों कॉलेज और उसके संबंध की बातचीत करते रहे। हठात् मनोहरलाल पूछ बैठे, "क्यों भई, मेरी उस प्रार्थना के संबंध में तुम कुछ कर रहे हो ?"

आनंदी : मैंने तीन-चार आदमियों से कहा, बातचीत भी की; पर वे विधवा का नाम सुनते ही दुहाई पुकारने लगते हैं। बड़ी कठिन समस्या है, मनोहर!

मनोहरलाल म्लान-मुख होकर कुछ क्षण तक चुप बैठे रहे। तत्पश्चात् एक दीर्घ निश्श्वास लेकर बोले, "तब तो केवल एक उपाय है।"

आनंदीप्रसाद : वह क्या ?

मनोहरलाल : उसे संखिया खिला देना।

आनंदीप्रसाद : क्यों हँसी करते हो!

मनोहरलाल का मुख तमतमा उठा, आँखें रक्तवर्ण हो गईं। उन्होंने अत्यंत दृढता के साथ कहा, "तुम इसे हँसी समझते हो, तो समझो।"

आनंदीप्रसाद मनोहरलाल का मुख देखकर भयभीत हो गए। उन्होंने उनके कंधे पर हाथ रखकर कहा, "भाई मनोहर, तुम बड़े भावुक हो जाते हो। संसार में रहकर इतनी भावुकता से काम नहीं चलता।

मनोहर : भावुकता! इसे तुम भावुकता कहते हो। क्षमा करना, यदि तुम्हारे

घर में कोई बहन या बेटी विधवा बैठी होती तो तुम्हें ज्ञात होता कि यह भावुकता है कि क्या है। बंदर अपने बच्चे को मर जाने पर भी छाती से लगाए रहता है। वह सड़ जाता है, उसमें से दुर्गंध आने लगती है, परंतु वह फिर भी उसे नहीं छोड़ता। यही हाल इस पतित हिंदू-समाज का है, जो अपनी रूढ़ियों को, जो सड़ गई हैं, जो हिंदू-समाज को गंदा और घृणित बनाए हुए हैं; छाती से लगाए हुए है। आनंदीप्रसाद, हिंदू समाज की इस गंदगी को देखकर मुझे अपने को हिंदू कहते हुए लज्जा मालूम होती है। प्रतिवर्ष हजारों विधवाएँ विधर्मियों के हाथों में चली जाती हैं, हजारों अपने कुल के मुख पर कालिख पोतकर कहारों, नौकरों तथा गुंडों के साथ निकल जाती हैं, हजारों भ्रूण-हत्याएँ होती हैं, फिर भी हिंदू समाज की आँखें नहीं खुलतीं।

इतना कहत-कहते मनोहरलाल के नेत्रों से अश्रुपात होने लगा। आनंदीप्रसाद काष्ठवत् बैठे मनोहरलाल का मुँह ताकते रहे। कुछ क्षण चुप रहकर मनोहरलाल आँसू पोंछते हुए बोले, "हाँ शोक, इतने बड़े समाज में एक भी ऐसा साहसी नहीं है कि समाज का भय छोड़कर आगे आए।"

आनंदीप्रसाद एक दीर्घ निश्श्वास छोड़कर बोले, "नहीं, मनोहर ऐसा मत कहो, सबको एक ही लाठी से हाँकना ठीक नहीं। अब भी ऐसे लोग हैं, यद्यपि वे बहुत कम हैं, जो कर्तव्य के आगे समाज से जरा भी भय नहीं खाते।"

मनोहरलाल : कहाँ हैं, किधर हैं?

आनंदी : उनमें से एक तो तुम्हारे सामने ही बैठा है।

मनोहर : तुम! क्या कहते हो, मैं तुम्हारा तात्पर्य नहीं समझा।

आनंदी : मेरा तात्पर्य यह है कि अगर कोई न करेगा तो मैं तुम्हारी बहन से विवाह करूँगा।

मनोहर : ऐ तुम, तुम! क्या सच कहते हो?

आनंदी : हाँ, सच कहता हूँ, और करके दिखा दूँगा।

मनोहर : नहीं, नहीं, तुम नहीं। तुम मेरे मित्र हो, मैं तुम्हें समाज का

घृणापात्र नहीं बनाना चाहता। मैं तुम्हें अपने स्वार्थ की भेंट नहीं चढ़ाना चाहता।

आनंदीप्रसाद मुसकराकर बोले, "तुम में भी अभी कमजोरी बाकी है मनोहर, यही कमजोरी हिंदू समाज में भी है। याद रखो, समाज व्यक्तियों के समूह का नाम है। जिसके लिए तुम अभी समाज को कोस रहे थे, वही बात तुम में भी है, वही बात समाज के प्रत्येक व्यक्ति में है।"

मनोहरलाल ने आनंदीप्रसाद की बात का मर्म समझकर लज्जा से सिर झुका लिया।

आनंदीप्रसाद कहते गए, "भेद केवल इतना है कि किसी में यह कमजोरी स्वयं अपने लिये है। किसी में अपने प्रेमपात्रों तथा स्नेहपात्रों के लिए है।"

मनोहरलाल : ठीक कहते हो मित्र, निस्संदेह यही कमजोरी हिंदू समाज को अवनति के गर्त में डाले हुए है। आओ, आज हम तुम मिलकर इस कमजोरी का अंत कर दें। मैं तुमसे अपनी बहन का विवाह करने को सहर्ष प्रस्तुत हूँ।

□

रात के दस बज चुके हैं। आनंदीप्रसाद के ज्येष्ठ भ्राता पं. जानकीप्रसाद अपने सुसज्जित कमरे में बैठे हुए एक पुस्तक पढ़ रहे हैं, पास ही उनकी अर्धांगिनी देवी भी बैठी हैं। जानकीप्रसाद पुस्तक को उच्च स्वर में पढ़ रहे हैं, उनकी पत्नी बैठी सुन रही हैं। जानकीप्रसाद सबसे बड़े हैं और पिता की मृत्यु के पश्चात् आजकल अपने परिवार के संचालक हैं। इनके छोटे भाई आनंदीप्रसाद और गिरिजा प्रसाद; जिसे मनोहरलाल पढ़ाते हैं, इन्हें पिता के तुल्य समझते हैं।

जानकीप्रसाद पुस्तक पढ़ रहे थे कि कमरे के द्वार पर किसी ने पुकारा, "भाईजी!"

जानकीप्रसाद ने पुस्तक से दृष्टि हटाकर कहा, "कौन, आनंदी? चले आओ।"

भाई की आज्ञा पाकर आनंदीप्रसाद कमरे में प्रविष्ट हुए।

जानकीप्रसाद ने पूछा, "क्यों?"

आनंदीप्रसाद एक कुरसी पर बैठते हुए बोले, "आपसे कुछ बातें करनी थीं।"

जानकी : कहो!

आनंदी : मैंने अपना विवाह ठीक किया है।

जानकीप्रसाद एकदम उठकर बैठ गए और नेत्र विस्फारित करके बोले, "क्या!"

आनंदीप्रसाद तनिक भी विचलित न हुए। उन्होंने दृढतापूर्वक पुनः कहा, "मैंने अपना विवाह तय किया है।"

जानकीप्रसाद भृकुटी चढ़ाकर बोले, "क्या बकता है?"

आनंदी : भाईजी, बकता नहीं हूँ, ठीक कहता हूँ।

जानकीप्रसाद : बिना मुझसे पूछे-गछे, बिना मेरी सम्मति लिये?

आनंदी : क्या कहूँ, ऐसी स्थिति आ गई है कि मुझे यह धृष्टता करनी पड़ी।

जानकी : स्थिति? स्थिति कैसी?

आनंदी : अपने एक मित्र से वचन हार चुका हूँ।

जानकीप्रसाद : मेरे होते हुए तू वचन हारनेवाला कौन है?

आनंदीप्रसाद : यह मैं समझता हूँ, परंतु विवश होकर ऐसा करना पड़ा।

जानकीप्रसाद : वह कौन है?

आनंदीप्रसाद : मिश्र हैं।

जानकीप्रसाद : कहाँ के?

आनंदीप्रसाद ने बता दिया।

जानकीप्रसाद : है तो कुलीन। घर की क्या स्थिति है?

आनंदी : गरीब हैं, परंतु कन्या का भाई फोर्थ ईयर में पढ़ता है और मेरे साथ ही पढ़ता है।

आनंदीप्रसाद की भाभी बोल उठीं, "लड़की की क्या उमर है?"

आनंदीप्रसाद : लड़की कोई अट्ठारह-उन्नीस वर्ष की है, देखने-सुनने में सुंदर है, पढ़ी-लिखी भी है, गृहकार्य में चतुर है। केवल एक बात है, जो आपको पसंद न आएगी।

जानकीप्रसाद : वह क्या?

आनंदीप्रसाद : लड़की विधवा है।

यदि जानकीप्रसाद के ऊपर विषधर सर्प गिरता, तब भी वह इतना न चौंकते, जितना कि वह आनंदीप्रसाद की इस बात से चौंके।

आनंदीप्रसाद की भाभी भी अवाक् होकर उनका मुँह ताकने लगीं।

जानकीप्रसाद अपने हवास ठीक करके बोले, "जान पड़ता है, तेरा मस्तिष्क बिगड़ गया है। कुछ नशा-वशा तो नहीं किया?"

आनंदी : बिल्कुल नहीं।

जानकी : फिर ऐसी बेतुकी बातें क्यों करता है?

आनंदी : भाईजी, मैं बेतुकी बातें नहीं करता। मैं जो कुछ कहता हूँ, अक्षरशः सत्य कहता हूँ।

जानकी : हैं, सत्य कहता है! तो क्या तू एक विधवा से विवाह करेगा?

आनंदी : हाँ, करूँगा।

जानकी : तू जानता है कि इसका परिणाम क्या होगा?

आनंदी : परिणाम चाहे जो हो, परिणाम की मुझे चिंता नहीं, क्योंकि परिस्थिति ही ऐसी आ पड़ी है।

जानकीप्रसाद का मुख क्रोध के मारे लाल हो गया। उन्होंने क्रोध से काँपते हुए कहा, "मेरे रहते हुए तू ऐसा करेगा। कदापि नहीं।"

आनंदी : अच्छा होता यदि आप मुझे इसके लिए आज्ञा दे देते, परंतु यदि आप आज्ञा नहीं देते तो मजबूरी है, मैं जो कुछ निश्चय कर चुका हूँ, प्राण रहते उससे कभी न फिरूँगा।

"तो दुष्ट मैं तुझे जीवित न रहने दूँगा। मेरे जीते-जी तू कुल में दाग लगाएगा!" यह कहते हुए जानकीप्रसाद उठे और अपने बिस्तर पर रखे हुए तकिए के नीचे से एक छुरी निकालकर आनंदीप्रसाद की ओर लपके और छुरी तानकर चाहा कि मारें कि उसी समय उनकी पत्नी ने लपककर उनका हाथ पकड़ लिया और बोलीं, "यह क्या बच्चों की सी बातें करते हो, आनंदी ऐसा नासमझ नहीं है।"

पत्नी के हस्तक्षेप करने के कारण जानकीप्रसाद पुनः बकते-झकते अपने स्थान पर आ बैठे। इसके पश्चात् भाभी ने आनंदीप्रसाद को समझाना आरंभ किया। अपने कुल तथा वंश की मान-मर्यादा की गाथा सुनाई। उसके पश्चात् यह बताया कि विधवा-विवाह का प्रभाव उनकी मान-मर्यादा पर क्या पड़ेगा, आदि-आदि।

सब सुन चुकने के पश्चात् आनंदीप्रसाद ने कहा, "यह सबकुछ नहीं होगा। आप लोग जितना भय खाते हैं और इस छोटी सी बात को जितना बड़ा रूप दे रहे हैं, यह सबकुछ नहीं होगा, अब वह समय नहीं रहा। मनुष्य को युग-धर्म के साथ चलना चाहिए।" इसके पश्चात् आनंदीप्रसाद ने विधवा-विवाह की आवश्यकता को बड़े सुंदर ढंग से समझाया। सब कह चुकने के पश्चात् आनंदीप्रसाद ने अंत में कहा, इसलिए मैं यह विवाह कर रहा हूँ। इसका जो कुछ भी परिणाम हो, वह मैं सब सहन करने के लिए तैयार हूँ।

जानकीप्रसाद कर्कश स्वर से बोले, "तो मेरे साथ रहकर तू ऐसा कदापि नहीं करने पाएगा। यदि तुझे यह करना है तो अलग जाकर रह और जो तेरा जी चाहे कर, मुझसे तुझसे कोई सरोकार नहीं। पिता की संपत्ति में जो कुछ तेरा भाग हो, सो ले और अपना रास्ता देख। मैं ऐसे अधम का मुँह भी नहीं देखना चाहता।"

आनंदीप्रसाद ने नम्रतापूर्वक कहा, "यदि आपकी यही इच्छा है तो ऐसा ही सही। मैं जो व्रत धारण कर चुका हूँ, उससे विचलित नहीं हो सकता।"

इतना कहकर आनंदीप्रसाद बड़े भाई के सामने से चले गए।

□

उपर्युक्त घटना हुए एक वर्ष व्यतीत हो गया। आनंदीप्रसाद बड़े भाई से अलग हो गए थे और उन्होंने अपना विवाह मनोहरलाल की विधवा बहन कमला से कर लिया था। विवाह में उनके वंश तथा जाति के बहुत ही कम लोग सम्मिलित हुए थे। उनके बड़े भाई जानकीप्रसाद तो पास ही नहीं फटके। उनकी देखा-देखी तथा कुछ उनके प्रभाव के कारण वंश के अन्य लोग भी सम्मिलित नहीं हुए। नाते-रिश्तेदारों में दो एक ऐसे थे, जो यद्यपि स्वयं विधवा-विवाह करने का साहस नहीं रखते थे, तथापि उन्हें इससे पूरी सहानुभूति थी, अतएव वे सम्मिलित हुए थे।

विवाह होने के पश्चात् आनंदीप्रसाद को ज्ञात हुआ कि उनका यह आत्मत्याग त्याग ही नहीं, एक प्रकार से बलिदान-व्यर्थ नहीं गया। उस बलिदान के बदले में उन्होंने एक रत्न पाया है। कमला सुंदरी होने के साथ ही साथ सुलक्षण तथा गुणवती भी थी। आनंदीप्रसाद को अपने इस कार्य पर खेद तथा पश्चात्ताप करने का अवसर नहीं मिला, वरन् वह बहुधा सोचते हैं कि ऐसी कन्या का पुनर्विवाह न करना पाप था।

पहले तो आनंदीप्रसाद इस विवाह के कारण जाति–च्युत से रहे, परंतु उनके सद्‌गुणों और सद्‌व्यवहार के कारण लोग क्रमशः फिर उनसे मेल–जोल बढ़ाने लगे।

एक दिन जानकीप्रसाद की पत्नी ने उनसे कहा, "आज मैंने आनंदी की बहू को देखा।"

जानकीप्रसाद ने पूछा, "कहाँ ?"

पत्नी : गंगाजी पर। उसके साथ माधोप्रसाद की घर वाली थी, उसने मेरी उसकी जान–पहचान कराई। क्या कहूँ, लड़की पूरी लक्ष्मी है। जब उसे यह पता लगा कि मैं उसकी जिठानी हूँ तो वह मेरे पैरों पर गिर पड़ी। बेचारी ऐसे प्रेम से मिली कि क्या कहूँ। मेरे मन में तो अब यह आता है कि आनंदी ने उसका उद्धार करके बड़ा पुण्य का काम किया। हम लोगों ने नाहक बेचारे को दूध की मक्खी की तरह निकाल दिया।

जानकीप्रसाद : उस समय तो मुझे बड़ा बुरा लगा था, परंतु अब मेरा भी यह विचार हो गया है कि उसने कुछ बुरा काम नहीं किया।

पत्नी : तो क्या तुमने लड़की को देख लिया।

जानकी : नहीं, लड़की को तो नहीं देखा, समय को और समय की गति को देखा। और आजकल जैसा समय है, उसके देखते हुए अच्छा ही हुआ।

पत्नी : तो फिर तुम उससे मिलते–जुलते क्यों नहीं ? अब तो सबसे उसका मेल–जोल हो गया है, खाली तुम्हीं उससे दूर रहते हो।

जानकीप्रसाद : मैंने उसके साथ दुर्व्यवहार किया है कि अब मुझे उसके सामने जाते लज्जा मालूम होती है।

पत्नी : लज्जा काहे की! मेरी तो इच्छा यह है कि मैं उसे बुलवाऊँ।

जानकीप्रसाद : हाँ, यह ठीक है, मेरे जाने की अपेक्षा यह अच्छा है कि तुम उसे यहीं बुलवाओ। इससे मेरा बड़प्पन भी रह जाएगा और उससे हमारी सफाई भी हो जाएगी।

उसी दिन शाम को जानकीप्रसाद की पत्नी ने आनंदीप्रसाद के पास एक आदमी भेजा। आनंदीप्रसाद ने तो चाहा कोरा जवाब दे दें, पर कमला ने उन्हें समझाया कि क्या हर्ज है, तुम्हारे बड़े हैं, उनसे ऐसा व्यवहार नहीं करना चाहिए।

पत्नी के समझाने पर आनंदीप्रसाद जानकीप्रसाद के घर पहुँचे। घर के विशाल प्रांगण में भाभी ने आनंदीप्रसाद से भेंट की। भाभी आनंदीप्रसाद से वार्त्तालाप कर रही थीं कि उसी समय जानकीप्रसाद भी आ पहुँचे। आनंदीप्रसाद बड़े भाई को देखकर कुछ सकुचाए कि कहीं पुनः कहा-सुनी न हो, क्योंकि उन्हें यह ज्ञात नहीं था कि उनके प्रति बड़े भाई के विचार कैसे हैं। वह इस पसोपेश में पड़े विचार कर ही रहे थे कि जानकीप्रसाद ने बढ़कर आनंदी के चरण पकड़ लिये और बोले, "भाई, मैंने तुझसे बड़ा दुर्व्यवहार किया।"

आनंदीप्रसाद ने पीछे हटकर बड़े भाई को पकड़कर उठाया और कहा, "भाईजी, आप यह क्या करते हैं, मैं आपका छोटा भाई हूँ, आप मेरे पैर पकड़ते हैं! यह काम तो मेरा है।"

यह सुनकर जानकीप्रसाद की आँखों में आँसू आ गए। उन्होंने सिसकियाँ लेते हुए आनंदीप्रसाद को हृदय से लगा लिया।

□

अप्रैल फूल

(1)

पंडित श्यामनाथ ने मुसकराकर अपने मित्रों से कहा, "वाह ! इस धोखे में न रहना, मैं इतना उल्लू नहीं हूँ, जितना आप लोग समझते हैं।"

गंगाविष्णु नामक उनके एक मित्र ने मुसकराकर कहा, "खैर, जितना हम समझते हैं, उतने न सही; पर कुछ तो अवश्य हो, क्यों न ?"

श्यामनाथ : इसका क्या तात्पर्य ?

दूसरा मित्र राधेलाल बोल उठा, "इसका तात्पर्य आपको शीघ्र मालूम हो जाएगा, घबराइये नहीं।"

श्यामनाथ : मालूम क्या हो जाएगा ? मैं जरा टेढ़ा आदमी हूँ; मेरे साथ जरा सँभलकर बातचीत कीजिए। समझे ?

गंगाविष्णु : जी हाँ, हम अच्छी तरह समझते हैं कि आप बड़े टेढ़े आदमी हैं। कमर कुछ झुकी हुई है, नाक भी टेढ़ी है, ये सब बातें आपके टेढ़े होने का मूर्तिमान प्रमाण हैं।

तीसरा मित्र रामचंद्र बोला, "आप टेढ़े हों या तिरछे, इससे हम लोगों को कोई मतलब नहीं। हम लोग जो चाहते हैं, वही होगा।"

श्यामनाथ : होगा कैसे, कोई दिल्लगीबाजी है।

गंगाविष्णु : खैर, देखा जाएगा। अच्छा अब यह बताओ कि कुछ पान-वान खिलाओगे या नहीं ?

श्यामनाथ : हाँ-हाँ, पान खाओ, चाहे जो खाओ।

यह कहकर उन्होंने नौकर को आवाज दी, परंतु नौकर के न बोलने पर, 'न जाने कमबख्त कहाँ मर गया', कहते हुए स्वयं ही घर के भीतर गए। श्यामनाथ के

जाते ही इधर मित्र-मंडली में खिचड़ी पकने लगी।

गंगाविष्णु : यार, मामला जरा मुश्किल है, चौकन्ना बहुत है।

रामचंद्र : चाहे जितना चौकन्ना हो, पर बन जाएगा।

राधेलाल : देखो, वैसे तो गोल आदमी है।

रामचंद्र : अजी, पूरा बौड़म है।

गंगाविष्णु : मगर किस तरह काम होना चाहिए, यह तो सोचो।

राधेलाल : यही तो मुख्य बात है।

इतने ही में पं. श्यामनाथ एक तश्तरी में पान लिये हुए आए। मित्रों के सामने तश्तरी रखकर बोले, "लीजिए खाइए।"

गंगाविष्णु ने पान उठाते हुए श्यामनाथ से पूछा, "क्यों यार, तुम्हारी जोरू की शादी कब हुई थी?"

श्यामनाथ : बहुत दिन हो गए।

राधेलाल : पहले आपकी शादी हुई थी या आपकी जोरू की?

श्यामलाल कुछ घबराकर बोले, "पहले तो कायदे से हमारी ही हुई थी।"

यद्यपि यह बात हँसने की थी, पर किसी के मुख पर जरा भी मुसकराहट न आई। राधेलाल ने पूछा, "भई, एक बात पूछें, ठीक-ठीक बताना।"

श्यामनाथ : हाँ-हाँ, ठीक ही बताऊँगा। आप तो जानते ही हैं कि झूठ बहुत कम बोलता हूँ।

राधेलाल : आपकी उम्र अधिक है या आपकी पत्नी की?

श्यामनाथ : हमारी पत्नी हमसे केवल दो वर्ष बड़ी है।

गंगाविष्णु : तो पहलौटी की वही है, आप उनके बाद तवल्लुद हुए।

श्यामलाल : तवल्लुद के क्या अर्थ? पैदा हुए कहो।

राधेलाल : वह एक ही बात है, दोनों के अर्थ एक ही हैं।

श्यामनाथ : हाँ, हम उनसे दो वर्ष बाद पैदा हुए थे।

गंगाविष्णु : आपकी और उनकी सूरत भी बहुत कुछ मिलती होगी।

श्यामनाथ : नहीं यार, वह हमसे सुंदर है।

राधेलाल : देखिए, भाग्य की बात है, हालाँकि सुंदर आपको होना चाहिए था।

श्यामनाथ : तो मैं भी कुछ ऐसा बुरा नहीं हूँ, नाक–नक्शे से दुरुस्त हूँ।

गंगाविष्णु : कौन आप? हजारों में एक हैं।

श्यामनाथ : यार, जब मैं आईना देखता हूँ, तब कभी–कभी मुझे भी शक हो जाता है कि मैं सुंदर हूँ।

राधेलाल : मगर हम लोगों को एक अफसोस रहा।

श्यामनाथ : वह क्या?

राधेलाल : आपने आज तक अपनी जोरू न दिखाई। जान पड़ता है, वह सुंदर नहीं है। तभी तुम नहीं दिखाते।

श्यामनाथ : अरे यार! वह बड़ी सुंदर है। तुम्हें विश्वास ही नहीं आता। मगर खैर, यह कौन बात है, आप जब चाहें देख लें, यह तो घर की बात है।

गंगाविष्णु : जब इच्छा हो देख लो। मगर मुँह दिखाई देनी पड़ेगी।

राधेलाल : मुँह की दिखाई चाहे जो ले लेना।

श्यामनाथ : मैं क्या करूँगा, उन्हीं को देना।

रामचंद्र : खैर, हमें तो मुँह दिखाई देनी ही है, चाहे आप ले लीजिए, चाहे वह ले लें।

राधेलाल : तो फिर एक दिन नियुक्त कर दो।

श्यामनाथ : अभी नहीं, पहले उनसे भी तो सलाह ले लूँ।

रामचंद्र : क्यों उनसे सलाह की क्या आवश्यकता है?

श्यामलाल : मैं उनकी सलाह लिये बिना कोई काम नहीं करता।

राधेलाल : तो भला वह काहे को राजी होंगी।

श्यामनाथ : राजी क्यों न होंगी, इसमें हर्ज ही क्या है!

रामचंद्र : खैर, यदि आपको विश्वास हो कि वह राजी हो जाएँगी तो कोई हर्ज नहीं, सलाह ले लीजिए।

गंगाविष्णु : हम लोगों को उत्तर कब तक मिल जाएगा?

श्यामनाथ : कल या परसो!

राधेलाल : अच्छी बात है! तो पक्की।

□

पं. श्यामनाथ नवयुवक है। वैसे पढ़े तो एफ.ए. तक हैं, परंतु ईश्वर ने बुद्धि वाजिबी-ही-वाजिबी दी है। वह अपने को बड़ा बुद्धिमान और चालाक समझते हैं। मित्रमंडली में वह खूब बनाए जाते हैं, किंतु उनको इसकी कुछ परवाह नहीं! वह समझते हैं कि उनके मित्र बेवकूफ हैं। वे ऐसे ही निरर्थक हँसा करते हैं! उन्हें बहुधा इस बात पर आश्चर्य होता है कि उनके मित्रगण उन बातों पर भी हँसा करते हैं, जिन पर उनकी (श्यामनाथ की) समझ में हँसने का कोई कारण नहीं।

उसी दिन रात को एकांत में पं. श्यामनाथ अपनी पत्नी से बोले, "हमारे मित्र तुम्हें देखना चाहते हैं!"

पत्नी ने भौहें चढ़ाकर कहा, "यह क्या? इसका क्या अर्थ?"

श्यामनाथ : इसका अर्थ यह है कि वे लोग तुम्हें देखना चाहते हैं!

पत्नी : क्यों देखना चाहते हैं?

श्यामनाथ : वैसे ही, कोई खास मतलब नहीं, केवल दिल्लगी के तौर पर!

पत्नी : वाह! अच्छी दिल्लगी है, मुझे ऐसी दिल्लगी पसंद नहीं!

श्यामनाथ : तो इसमें हर्ज ही क्या है!

पत्नी : तुम तो पूरे...अब क्या कहूँ!

श्यामनाथ : वे लोग समझते हैं कि तुम सुंदर नहीं हो! उन्हें तुम्हारे सुंदर होने में कुछ संदेह है, इसलिए वे देखना चाहते हैं।

पत्नी : संदेह है तो हुआ करे!

श्यामनाथ : मेरी हार्दिक इच्छा है कि उनका यह संदेह दूर कर दूँ।

पत्नी : आवश्यकता क्या है?

श्यामनाथ : वे तुम्हें बदसूरत समझते हैं!

पत्नी : तो समझने दो!

श्यामनाथ : मैं यह बात सहन नहीं कर सकता कि कोई तुम्हें बदसूरत समझे!

पत्नी : तुम तो पागलपने की बातें करते हो।

श्यामनाथ : यही तो तुम समझी नहीं, आजकल जोरुओं को दिखाना फैशन में दाखिल है!

पत्नी : होगा फैशन-वैशन, मुझे ऐसा फैशन पसंद नहीं!

श्यामनाथ : यह मैं तुम्हें विश्वास दिलाता हूँ कि वे तुम्हें हाथ न लगाने पाएँगे, केवल दूर से देख लेंगे!

पत्नी : तुम न जाने क्या बक रहे हो; न जाने तुम्हें कब समझ आएगी।

श्यामनाथ कुछ बिगड़कर बोले, "इसका क्या अर्थ? क्या मैं फिलहाल नासमझ हूँ! मैं दुनिया को चराए घूमता हूँ, कहती हो, कब समझ आएगी? वाह! अंधे के आगे रोवे अपने दीदे खोवे! बड़ों-बड़ों को तो मैं रास्ता बताता हूँ!"

पत्नी : ये सब समझ ही की बातें तो कर रहे हो!

श्यामनाथ : और नहीं तो क्या, नासमझी की बातें हैं।

पत्नी : जोरू को दूसरों को दिखाना समझ की बात ही तो है न।

श्यामनाथ : इसमें कोई हर्ज नहीं, यह सब आजकल फैशन में दाखिल है, टुम काला औरट इशको समझने नहीं शकटा, हम शाहब लोग शमजटा है। हम जिश माफिक बोलेगा, उश माफिक तुमको करना होगा।

पत्नी : मेरे सामने यह गिटपिट तो करो नहीं।

श्यामनाथ : (*हाथ जोड़कर*) बस एक बार अपना मुखड़ा हमारे यारों को दिखा दो, वह भी क्या याद करेंगे। बदमाश समझते हैं कि तुम सुंदर नहीं हो। कसम है तुम्हारे सिर की, देखकर आँख झपक जाएँगी।

पत्नी : वाह! मेरा सिर क्या कद्दू समझ रखा है, जब देखो मेरे ही सिर की कसम खाने लगते हैं।

श्यामनाथ : यह सब मुहब्बत की बातें हैं।

पत्नी : मुझे ये बातें अच्छी नहीं लगतीं।

श्यामनाथ : हम अपने मित्रों को वचन दे चुके हैं कि तुम्हें अपनी प्राणप्यारी का मुखड़ा अवश्य दिखाएँगे, फिर भला अपने वचन से कैसे फिरें। 'प्राण जाए पर वचन न जाई'।

पत्नी : तुमसे किसने यह बात कही थी?

श्यामनाथ : वैसे कहते तो सभी भले आदमी हैं, पर विशेष करके राधेलाल से बातचीत हुई थी। उसी ने उलाहना दिया था।

पत्नी : हूँ, तो वे देखेंगे।

श्यामनाथ : वह तो देखेगा ही, उसकी दुम में बँधे हुए अन्य दो और मित्र भी देख लेंगे।

पत्नी : मुझे तो ये बातें पसंद नहीं, पर तुम कहते हो तो तुम्हारी बात माननी ही पड़ेगी।

श्यामनाथ : वाह री मेरी आज्ञाकारिणी जोरू! बस, अब क्या है, अब सब साले झेंप जाएँगे। हाँ, पर यह तो बताओ कि दिन कौन सा रखा जाए?

पत्नी : यह तो सोच लो, मैं क्या बताऊँ।

श्यामनाथ : नहीं, दिन भी तुम्हीं नियुक्त करो। तभी अ नंद है।

पत्नी :अच्छा कल सोचकर बताऊँगी।

श्यामनाथ : तो दिखाने की बात तो पक्की है, अपने मित्रों से विशेषकर राधेलाल से कह दूँ।

पत्नी : हाँ, कह दो।

श्यामलाल : बस, अब तुम मुझे बड़ी प्यारी लग रही हो। देखो, उस दिन खूब अच्छे कपड़े पहनना। वह बनारसी सारी जो दो सौ की आई है, उसे अवश्य पहनना।

पत्नी : इससे तुम्हें कोई मतलब नहीं, मैं जो चाहे सो पहनूँ।

श्यामनाथ : अच्छी बात है, जो तुम्हारी इच्छा हो पहनना। तुम चाहे जो पहनो-ओढ़ो, सदैव सुंदर ही लगोगी।

□

राधेलाल के मकान पर एक कमरे में रामचंद्र, गंगाविष्णु तथा राधेलाल में बातचीत हो रही थी। रामचंद्र कह रहे थे, "वह तो तैयार हो गया, मगर उसकी पत्नी कभी राजी न होगी।"

राधेलाल बोल उठे, "यही मेरा खयाल है।"

गंगाविष्णु : और जो वह भी अपनी पति ही की तरह बुद्धिमान हुई तो शायद राजी भी हो जाए।

रामचंद्र : यार, मजा तो तब आए जब वह भी राजी हो जाए और दिन तय हो जाए।

गंगाविष्णु : ऐसा हो तो मेरी सलाह तो यह है कि पहली अप्रैल रखी जाए।

राधेलाल : पहली अप्रैल रखने से कहीं वह समझ न जाए कि बेवकूफ बनाते हैं।

रामचंद्र : कभी न समझेगा, पूरा चै, गैन, दाल है।

राधेलाल : चाहे जितना बेवकूफ हो, पर पहली अप्रैल का नाम लेते ही उसे खयाल आ जाएगा।

गंगाविष्णु : देखा जाएगा, खयाल आ जाएगा तो हम लोग बात बना लेंगे।

रामचंद्र : तो तुमने क्या विचार किया है?

गंगाविष्णु : यदि वह अपनी पत्नी को दिखाने के लिए पहली अप्रैल रखे तो बस यह करेंगे कि सब लोग उसके घर चलेंगे और ठीक उस समय जब कि वह अपनी बीबी साहबा को तैयार करके हमें बुलाने आए तो, सब लोग कह देंगे 'अप्रैल फूल। जाओ हम नहीं देखते', क्यों—है न ठीक?

राधेलाल : बात तो बड़ी अच्छी है, पर कहीं बिगड़ न उठे।

गंगाविष्णु : बिगड़ेगा तो हम लोगों का क्या बना लेगा?

राधेलाल : नहीं, आखिर अपना मित्र है। उसके कारण हम लोगों का मनोरंजन होता रहता है। कोई काम ऐसा न करना चाहिए, जिससे उसका हृदय दु:खे।

गंगाविष्णु : आप भी चोंचपने की बातें करते हैं, ऐसा कभी नहीं हो सकता। वह कभी बुरा न मानेगा।

राधेलाल : खैर भाई, तुम जानो, मेरे जी में जो बात आई मैंने कह दी।

उसी समय पं. श्यामनाथ आ पहुँचे। सबको एकत्र देखते ही बोले, "भाई वाह! यह बड़ा अच्छा हुआ, सब लोग एक ही जगह मिल गए।"

राधेलाल : क्यों-क्यों? क्या बात?

श्यामनाथ : यह फतह है। हमारी बीबी साहबा राजी हो गईं।

गंगाविष्णु : बड़ी समझदार स्त्री हैं।

रामचंद्र : हम लोग तो समझते थे कि आप ही अक्लमंद हैं, पर आज मालूम हुआ कि आपकी अर्द्धांगिनी भी बड़ी बुद्धिमान हैं।

श्यामनाथ : अरे यार, वह बड़ी समझदार है। पहले तो कुछ लाल-पीली पड़ी, परंतु अंत में राजी हो गई।

राधेलाल : तो फिर किस दिन?

श्यामनाथ : दिन यदि आप लोग बता दें तो अच्छा है, उन्हें क्या, वह तो हर समय तैयार हैं।

रामचंद्र : चाहे जो दिन रख लो, एक ही बात है।

गंगाविष्णु : परसों कौन दिन है?

राधेलाल : परसों तो बृहस्पति है।

गंगाविष्णु : तो बस परसों ही ठीक है। क्यों न?

रामचंद्र : हाँ और क्या? क्यों भाई श्यामनाथ, परसों आपको कुछ असुविधा तो नहीं होगी।

श्यामनाथ : मुझे कोई असुविधा नहीं, आप लोग अपनी सुविधा-असुविधा देख लीजिए।

राधेलाल : तो बस परसों ही ठीक है।

रामचंद्र : बस यही तय रहा।

गंगाविष्णु : तो अब हम इस बात का विश्वास रखें न, ऐसा न हो कि आप हम लोगों को बेवकूफ बनाएँ।

श्यामनाथ : ऐसी बात है भला, मैं ऐसा आदमी नहीं हूँ, जो किसी को बेवकूफ बनाऊँ।

राधेलाल : आपको ईश्वर ने ऐसा ह्रदय दिया है कि आप किसी को बेवकूफ बना ही नहीं सकते।

श्यामनाथ : वाकई, यही बात है। मेरी आदत ही नहीं, जो किसी को बेवकूफ बनाऊँ।

राधेलाल : मेरा तो खयाल है कि आप चाहे स्वयं उल्लू बन जाए, परंतु दूसरे को बनाना कभी पसंद नहीं करते, क्यों न?

श्यामनाथ : नहीं, यह बात तो नहीं है, न मैं खुद बनूँ और न किसी को बनाऊँ। हाँ, यह तो बताइए कि मुँह दिखाई के लिए क्या लाइएगा?

राधेलाल : इससे आपको कोई मतलब नहीं। यह हम लोगों का काम है। हमारी जो इच्छा होगी लाएँगे।

श्यामनाथ : आखिर कुछ हमें भी तो मालूम हो।

रामचंद्र : आपको उसी समय मालूम हो जाएगा।

श्यामनाथ : अच्छा, न बताओ।

रामचंद्र : हाँ, दिन तो तय हो गया, परंतु समय तो तय नहीं हुआ।

गंगाविष्णु : यह आपने अच्छी सोची, यह बात हम लोग भूले ही जा रहे थे।

श्यामनाथ : मेरी समझ में तो दोपहर का समय ही ठीक है।

राधेलाल : दोपहर को?

श्यामनाथ : और क्या!

रामचंद्र : मगर परसो दोपहर में कैसे संभव हो सकता है? आप लोग सब उस समय अपने-अपने काम में होंगे।

राधेलाल : इसकी चिंता आप मत कीजिए, हम लोग एक दिन की छुट्टी ले लेंगे।

श्यामनाथ : छुट्टी ले लोगे?

गंगाविष्णु : इससे आपको क्या बहस, हम चाहे जो करें।

श्यामनाथ : अरे भई, तो अपने काम का हर्ज क्यों करोगे? शाम को चार बजे क्यों न रखो? अपने-अपने ऑफिस से लौटते हुए सीधे मेरी तरफ चले आना।

गंगाविष्णु : यह भी ठीक है, कहता तो पते की है।

राधेलाल : मगर उस्ताद, ऑफिस से भूखे-प्यासे लौटेंगे, कुछ जलपान भी कराना पड़ेगा।

श्यामनाथ : अरे यह कैसी बात है, चाहे जो खाओ। जलपान क्या कहो, पूरा भोजन तैयार करा रखूँ।

राधेलाल : वाह नेकी और पूछ-पूछ! इससे बढ़के और कौन सी बात है!

श्यामनाथ : अच्छी बात है तो भोजन हमारे ही यहाँ रहा।

रामचंद्र : यार, यह समय निश्चित करने की बात अच्छी निकली, इससे लाभ हुआ।

श्यामनाथ : अच्छा तो मैं अब चलता हूँ, आप लोग परसों की बात याद रखिएगा, भूल न जाइएगा।

गंगाविष्णु : भूलने की एक ही कही। ऐसी बात भूल सकते हैं; एक आपकी अर्धांगिनी के दर्शन, दूसरे भोजन! दो-दो लाभ की बातें कौन भूल सकता है?

रामचंद्र : और आप भी याद रखिएगा। ऐसा न हो कि उस समय कह दो कि मुझे याद नहीं रहा, क्षमा कीजिए।

श्यामनाथ : अधिक-से-अधिक भोजन बनवाना भूल जाऊँगा, रही हमारी बीवी के दर्शनों की बात, सो उसमें भूलने की कोई बात ही नहीं, वह तो हर समय हो सकते हैं।

राधेलाल : आपकी ऐसी-तैसी! भोजन की बात आप भूल गए तो हम लोग आपको कच्चा ही चबा जाएँगे। भूखे शरीफ आदमी से ज्यादा खतरनाक कोई नहीं होता, इतना याद रखिएगा।

श्यामनाथ : अजी नहीं, आप भी क्या बातें करते हैं, मैं भला भूल सकता हूँ? और मैं चाहे भूल भी जाऊँ, मगर मेरी पत्नी कैसे भूल सकती है।

गंगाविष्णु : ठीक, आखिर वह भी तो हम लोगों को छवि दिखाने के लिए उत्सुक होंगी।

श्यामनाथ : हाँ, क्यों नहीं। मुझसे पूछती थी कि कौन से कपड़े पहनूँ।

राधेलाल हँसी रोककर बोले, "आपने क्या कहा?"

श्यामनाथ : मैंने कहा, चाहे जैसे कपड़े पहने लो।

रामचंद्र : बस, तुम यहीं पर चूक गए, आपको कहना चाहिए थे कि ऐसे कपड़े पहनो, जिनमें अत्यंत सुंदर दिखाई पड़ो।

श्यामनाथ : अरे भाई, वह चाहे जैसे कपड़े पहनें, सुंदर ही मालूम होंगी।

रामचंद्र : यह ईश्वरीय बात है।

गंगाविष्णु : और क्या, ऐसी बात बहुत कम औरतों में होती है। एक मनिहारिन है, वह तो उनसे कुछ-कुछ टक्कर लेती है, वह भी केवल नाक-नक्शे में, रंग में नहीं। हमारी बीबी का रंग मनिहारिन से अधिक साफ है।

राधेलाल मुँह फेरकर मुसकराए, गंगाविष्णु ने बड़ी कठिनता से हँसी रोकी, रामचंद्र खासकर थूकने के बहाने बाहर चले गए और एकांत में खूब हँसे। श्यामनाथ बृहस्पति के लिए पक्की-पोढ़ी करके विदा हुए।

उनके जाते ही तीनों मित्रों ने कहकहा लगाया। खूब हँस चुकने के पश्चात् रामचंद्र बोले, "ओफ ओह! ऐसा काठ का उल्लू भी दूसरा न मिलेगा, कहता है कि मनिहारिन से सूरत मिलती है। हद हो गई।

राधेलाल : बृहस्पति का नाम सुनकर सनका नहीं।

गंगाविष्णु : यह अच्छा हुआ कि तारीख का नाम नहीं लिया गया, बृहस्पति को पहली अप्रैल है।

रामचंद्र : हाँ, तारीख सुनता तो शायद समझ जाता। उसे यह याद नहीं कि बृहस्पति को पहली अप्रैल है।

राधेलाल : भई, मेरा तो विचार बदल रहा है।

रामचंद्र : वह क्या?

राधेलाल : मेरी राय है कि उसकी जोरू अवश्य देखी जाए। बड़ी प्रशंसा करता है, जरा देखना भी तो चाहिए।

रामचंद्र : यह फिजूल बात है, मैं ऐसी सलाह कदापि न दूँगा।

राधेलाल : हर्ज क्या है? बंगालियों में तथा कुछ अन्य जातियों में रस्म है कि मित्रों को पत्नी का मुँह दिखाते हैं।

गंगाविष्णु : हाँ, रस्म तो है।

राधेलाल : ईश्वर न करे, हम लोगों की नीयत तो कुछ खराब नहीं, फिर क्या हर्ज है?

रामचंद्र : फिर अप्रैल फूल का मजा जाता रहेगा।

राधेलाल : अरे यार, वह रोज ही अप्रैल फूना बना रहता है, वह तो बारहमासी फूल है। उसे जब चाहो, बना दो।

रामचंद्र : हाँ यह तो ठीक है, उसे अप्रैल फूल बनाने में कोई अधिक आनंद नहीं मिलेगा।

गंगाविष्णु : तो फिर यही तय रहा कि उसकी जोरू के दर्शन अवश्य किए जाएँ।

राधेलाल : तब तो यार मुँह-दिखाई सचमुच देनी पड़ेगी।

रामचंद्र : यह घाटे की बात है।

राधेलाल : नहीं तो, फोकट में ही उसकी जोरू देख लोगे।

रामचंद्र : जो देखना चाहता हो उससे कहो, मेरी तो ऐसी इच्छा है नहीं।

गंगाविष्णु : अरे तो कौन बड़ी बात है, दो-दो रुपए दे देना।

राधेलाल : दो-दो रुपए नहीं, पाँच-पाँच रुपए से कम कोई न दे।

रामचंद्र : क्या यह आवश्यक है कि रुपए ही हों?

राधेलाल : नहीं, कोई चीज भी दे सकते हो।

रामचंद्र : तो बस हम चीज दे देंगे।

गंगाविष्णु : कौन चीज?

रामचंद्र : इससे आपसे क्या सरोकार, आप अपनी फिक्र कीजिए।

गंगाविष्णु : खैर देखा जाएगा।

राधेलाल : तो यही तय रहा न कि उसकी जोरू की मुँह-दिखाई दी जाए।

गंगाविष्णु : यही तय रहा।

□

बृहस्पतिवार का दिन आ गया। पं. श्यामनाथ ने अपनी पत्नी से प्रात:काल उठते ही कहा था, "आज खूब अच्छी-अच्छी चीजें बनाना, वे लोग भी भोजन यहीं करेंगे।"

पत्नी ने श्यामनाथ के कथनानुसार भोजन का प्रबंध कर लिया था।

तीन बजे के निकट पं. श्यामनाथ पत्नी से बोले, "अब लोग आते ही होंगे। तुम तैयार रहो। आज तुम्हारी कुछ सहेलियाँ भी तो आई हुई हैं। वे कब जाएँगी।"

पत्नी ने पूछा, "क्यों मेरी सहेलियाँ तुम्हें क्यों खलती हैं?"

श्यामनाथ : सहेलियों के रहते हुए वे तुम्हें कैसे देख सकेंगे? सहेलियों को मालूम न हो जाएगा।

पत्नी : मालूम ही हो जाएगा, तो क्या होगा?

श्यामनाथ : वे इधर-उधर हँसी उड़ाती फिरेंगी।

पत्नी : चलो तुम इस चिंता में न पड़ो, मैं सब ठीक कर लूँगी।

श्यामनाथ : खैर, तुम जानो तुम्हारा काम। मैंने तुम्हें चेता दिया।

पत्नी : तुम निश्चिंत रहो।

साढ़े तीन बजे के लगभग सब लोग आ पहुँचे। श्यामनाथ ने पूछा, "आज बड़ी जल्दी लौट आए!"

राधेलाल : "हाँ, आज हम लोगों ने बहुत जल्दी छुट्टी ले ली।"

गंगाविष्णु : हम लोगों ने सोचा कि कहीं देर होने से आप टाल न जाएँ।

श्यामनाथ : आप लोग तो हैं अक्ल के दुश्मन, टाल जाने के क्या अर्थ? ऐसे मामले कहीं टला करते हैं?

रामचंद्र : खैर, अगर जल्दी चले आए तो कौन पाप किया?

श्यामनाथ : नहीं, इसमें पाप काहे का है।

राधेलाल : तो बस, अब शीघ्र प्रबंध कीजिए।

श्यामनाथ : अच्छा यह बताइए कि पहले आप लोग भोजन करेंगे।

रामनाथ : यह आपकी सुविधा पर है। चाहे पहले अपनी बीबी को दिखाइए, चाहे पहले भोजन खिलाइए।

श्यामनाथ : नहीं, जैसा आप लोग चाहें।

रामचंद्र : आप अपनी मालकिन से पूछ आइए। वह समझदार हैं, उचित बात बताएँगी।

श्यामनाथ घर के अंदर पहुँचे और पत्नी से बोले, "वे लोग आ गए हैं, कहो पहले भोजन खिलाओगी या मुँह दिखाओगी?"

पत्नी : पहले मुँह-दिखाई हो जानी चाहिए, बाद में भोजन। यही अच्छा रहेगा।

श्यामनाथ : अच्छी बात है। तो बस अब सज आओ। मगर देखना ऐसा श्रृंगार हो कि उनकी आँखें झपक जाएँ।

पत्नी : आँखें क्या, वह भी याद करेंगे कि किसी को देखा।

श्यामनाथ : बस, बस मैं यही चाहता हूँ।

पत्नी : अच्छा तो तुम जाओ, ठीक दस मिनट पश्चात्, सबको ले आना।

श्यामनाथ : कहाँ?

पत्नी : मेरे कमरे में, मैं वहीं बैठूँगी।

श्यामनाथ : अच्छी बात है।

श्यामनाथ बाहर आकर बोले, "पहले मुँह दिखाई होगी, बाद में भोजन।"

राधेलाल : देखा आपने, कितनी सुंदर बात बताई है?

श्यामनाथ : अरे यार, वह बड़ी अक्लमंद हैं।

गंगाविष्णु : मगर आप पूरे बछिया के ताऊ ही रहे।

श्यामनाथ : कौन मैं? नहीं यह बात तो नहीं है। हम भी कुछ कम अक्लमंद नहीं हैं। हाँ, कभी-कभी बेवकूफी कर बैठते हैं।

राधेलाल : तो फिर क्या देर-दार है?

श्यामनाथ : दस मिनट की देर है, जरा ठहर जाइए।

राधेलाल : क्यों दस मिनट की देर क्यों है?

श्यामनाथ : जरा कपड़े-वपड़े पहन रही हैं।

गंगाविष्णु : ठीक है, तब तो ठहरना ही पड़ेगा।

दस मिनट व्यतीत होने पर पं. श्यामलाल बोले, "चलिए।" सब लोग उठकर चले। आगे-आगे पं. श्यामनाथ थे। जीने से चढ़कर सब लोग ऊपर पहुँचे। पं. श्यामनाथ ने एक कमरे का द्वार खोलकर कहा, "चलिए।"

राधेलाल : आप आगे चलिए, न।

श्यामनाथ : "चलिए, चलिए, बहुत तकल्लुफ न कीजिए।" तीनों आदमी कमरे में प्रविष्ट हुए। कमरे में चार स्त्रियाँ बैठी बातें कर रही थीं, जैसे ही ये लोग कमरे में प्रविष्ट हुए, वैसे ही उन्होंने चौंककर इनकी ओर देखा। इन तीनों ने भी उनको देखा। स्त्रियों को देखते ही इन तीनों के मुँह से निकला 'अरे', उधर उन चार स्त्रियों में से तीन के मुँह से भी निकला-अरे!

चौथी बोल उठी, "अप्रैल फूल!"

तीनों उलटे पैरों लौट पड़े और बिना कुछ कहे-सुने शीघ्रतापूर्वक जीने से उतरकर बाहर वाले कमरे में आ गए। इधर श्यामनाथ, "क्यों, क्यों?" कहते हुए उनकी ओर आश्चर्य से खड़े देखते रहे।

जब उनकी समझ में कुछ न आया, तब वह अपनी पत्नी के पास पहुँचे। और बोले, "यह क्या गड़बड़ हो गया? ये लोग भाग क्यों गए? कमरे में कौन-कौन

था ?" पत्नी ने मुसकराकर कहा, "उन्हीं से पूछो जाकर।"

श्यामनाथ : उनसे क्या पूछूँ। वे लोग नाराज हो गए, न जाने तुमने क्या गड़बड़ किया।

पत्नी : नाराज नहीं हो सकते।

श्यामनाथ : बात क्या हुई, यह तो बताओ।

पत्नी : तुम तो भोले-भाले आदमी हो। इन लोगों ने तुम्हें बेवकूफ बनाना चाहा था; पर बन गए अपने आप। मैंने पहले से इन तीनों की पत्नियों को बुला लिया था। तुमने जो मेरी सहेलियों के संबंध में कहा था, वे सहेलियाँ इन्हीं तीनों की पत्नियाँ हैं। कमरे में वही तीनों और मैं बैठी थी। वे तीनों को देखकर भाग गए। मैंने कह दिया, 'एप्रिल फूल'। इससे तीनों कट गए होंगे।

श्यामनाथ : तुम्हें तो उन्होंने देख ही लिया।

पत्नी : चार स्त्रियाँ थीं, उनमें से प्रत्येक ने केवल अपनी पत्नी को पहचाना, शेष तीनों को वह नहीं पहचान सके, इसलिए वह क्या जाने कि शेष तीन में मैं कौन सी थी, बेवकूफ भी बने और उनकी इच्छा भी पूरी नहीं हुई। कहो कैसी तरकीब रही ?

श्यामनाथ की समझ में अब सब बातें आ गईं। वह हँसते हुए अपने कमरे में आए, वहाँ देखा तो कोई नहीं।

श्यामनाथ हँसते हुए अपने ही आप बोले। खाना भी नहीं खाया, यों ही भाग गए, पूरे 'अप्रैल फूल' बन गए।

□

पीपल का पेड़

(1)

"अहा-हा! पीपल का पेड़! पीपल का पेड़ जमा है। अम्माँ, पीपल का पेड़ जमा है।"

एक मकान के आँगन में एक आठ-नौ वर्ष का लड़का उपर्युक्त वाक्य कह रहा था। लड़का बड़ा प्रसन्न था। उसकी माता दूसरी ओर दालान में बैठी साग कतर रही थी। उसके पास ही एक वृद्धा बैठी थी। दोनों बातें भी कर रही थीं। लड़के की बात पर दोनों में से किसी ने ध्यान न दिया। परंतु जब लड़का हल्ला मचाता हुआ, उन दोनों के पास आया, तो लड़के की माता झुंझलाकर बोली, "क्या है? कान खा गया!"

"पीपल का पेड़! हमारे आँगन में पीपल का पेड़ जमा है, चलकर देखो।"

"जमा होगा!" कहकर माता ने वृद्धा से पुनः बात करनी चाही।

परंतु वृद्धा उत्सुक होकर बोली, "कहाँ पेड़ जमा है, चलकर देखो तो।"

यह कहकर वृद्धा उठ खड़ी हुई, लड़के की माता भी उठी। लड़का दोनों को उँगली के इशारे से दिखाकर बोला, "वह देखो, अहा-हा! पत्ते कैसे चिकने हैं, जैसे सीसा!"

निकट पहुँचकर दोनों स्त्रियों ने देखा, दीवार की जड़ से पीपल का पेड़ उगा है, एक फुट के करीब ऊँचा, चार-पाँच बड़े-बड़े पत्ते! वृद्धा बोली, "अहा! यह तो बड़ा अच्छा सगुन है। इस पेड़ की रोज पूजा करनी चाहिए। मेरे मायके में एक के घर में ऐसा ही पेड़ उगा था। उन्होंने उसकी पूजा की, नित पूजा करते थे। रामजी की दया से उनका घर भरा-पूरा हो गया।

लड़के की माता बोली, “चलो, अच्छा हुआ। पीपल की पूजा करने बाहर जाना पड़ता था, अब घर में ही हो गया।”

लड़का वृद्धा से बोला, “दादी, अभी पूजा करो।”

वृद्धा बोली, “लड़का ठीक कहता है। पहले-पहले देखा है, पूजा जरूर होनी चाहिए। जा, पानी ले आ। फूल, थोड़ी रोली या लाल चंदन, बताशे।”

सास के कथनानुसार बहू सब सामान ले आई। लड़का साथ-साथ दौड़ा फिर रहा था। पीपल की पूजा हुई।

लड़का बोला, “जब खूब बड़ा हो जाएगा, तब बड़ा मजा आएगा।”

“गरमियों में आँगन में छाँह रहा करेगी। पीपल की छाँह बड़ी ठंडी होती है।” दादी ने कहा।

“हम तो इस पर चढ़कर खेला करेंगे।”

“पीपल पर देवता का वास रहता है, पीपल पर चढ़ना नहीं चाहिए।” सास-पतोहू दोनों फिर अपने स्थान पर आ बैठीं।

कुछ देर पश्चात् लड़के का पिता आया। वह बाहर गया हुआ था। लड़का पिता को देखते ही बोला, “बाबू, हमारे आँगन में पीपल का पेड़ जमा है।”

“कैसा पीपल का पेड़?” पिता ने पूछा।

लड़का पिता का हाथ पकड़कर ले गया, और उसने पिता को पीपल दिखाया। पिता पेड़ को देखकर बोला, “अरे, होगा। ऐसे तो जमते ही रहते हैं।”

“अम्माँ और दादी ने इसकी पूजा की है। यह देखो, चंदन लगा है।” लड़के ने एक पत्ते पर पड़ी हुई लाल छींटें दिखाते हुए कहा।

“अच्छा! अच्छा!”

बाबू साहब वहाँ से हटकर अपने कमरे की ओर चले। उनकी पत्नी रसोईघर में भोजन पका रही थी, माता दालान में बैठी थी। बाबू साहब ने अपनी माता से पूछा, “पीपल की पूजा की है क्या?”

“हाँ!” वृद्धा ने गंभीरतापूर्वक कहा।

बाबू साहब किंचित् मुसकराकर अपने कमरे में चले गए।

थोड़ी देर में जब वृद्धा स्नान करने चली गई, तो बाबू साहब टहलते हुए

रसोईघर की ओर गए और अपनी पत्नी से बोले, "वह प्रसाद कहाँ है?"

"कैसा प्रसाद?" पत्नी ने अचकचाकर पूछा।

"वही, पीपल की पूजा का।"

पत्नी हँस पड़ी और बोली, "उसका क्या प्रसाद। कोई प्रसाद थोड़े ही बाँटा गया है।"

"पूजा हुई है कि नहीं?"

"ऐसी ही मामूली पूजा कर दी थी।"

"तो मामूली ही प्रसाद सही। मामूली पूजा का मामूली प्रसाद।"

"अच्छा, दो बताशे ले लेना।"

"लाओ, दो बताशे ही सही।"

"मैं यहाँ से उठूँगी, तब मिलेंगे।"

"अच्छी बात है। मगर यह तुम लोगों को सूझा क्या?"

"पीपल की सब पूजा करते हैं।"

"इतने बड़े की?"

"पीपल तो पीपल, चाहे बड़ा हो या छोटा।"

लड़का बोल उठा, "बाबू, जब बड़ा हो जाएगा, तो खूब छाँह रहेगी।"

बाबू साहब आँगन की ओर देखकर बोले, "हाँ, गरमी और बरसात में तो आराम रहेगा, पर जाड़े में तकलीफ रहेगी। आँगन में धूप नहीं आएगी।"

"जिसे धूप खानी होगी, छत पर चला जाएगा। जाड़े तो दो-तीन महीने रहते हैं, बाकी दिन तो आराम रहेगा।"

"हाँ, यह तो ठीक है।" कहकर बाबू साहब अपने कमरे में चले गए।

□

पीपल का पेड़ प्रतिदिन बढ़ने लगा। वृद्धा नित्य उसकी पूजा करती थी। लड़का दोनों समय उसे सींचता था। कदाचित् इसीलिए पेड़ कुछ शीघ्रता के साथ बढ़ रहा था। अब वह 4 फीट ऊँचा हो गया था। उसकी शाखा-उपशाखाएँ खूब फैल रही थीं।

इसी प्रकार छह महीने और व्यतीत हुए। अब वह वृक्ष 6 फीट के करीब

ऊँचा हो गया था, और उसका तना एक हृष्ट-पुष्ट आदमी की जाँघ से भी अधिक मोटा हो गया था।

एक दिन बाबू साहब वृक्ष के निकट खड़े होकर उसे गौर से देख रहे थे। अकस्मात् उनकी दृष्टि उस दीवार पर पड़ी, जिसकी जड़ से वृक्ष का प्रादुर्भाव हुआ था। बाबू साहब ने देखा, वृक्ष की जड़ के निकट दीवार में दरार पड़ गई है। दरार करीब डेढ़-फुट लंबी और आधा-इंच चौड़ी थी। बाबू साहब चौंक पड़े। वह शीघ्रतापूर्वक वहाँ से हटकर अपनी माता के पास आए, और बोले, "वह तुम्हारा पीपल दीवार गिराए दे रहा है। दीवार फट गई।"

"ऐं! दीवार फट गई!" कहती हुई वृद्धा उठी। पीपल के पास आकर वृद्धा ने दीवार को देखा। देखकर बोली, "पीपल से तो क्या फटी होगी।"

बाबू साहब बोले, "और कोई कारण हो ही नहीं सकता। पीपल से ही फटी है। ये चीजें कहीं घरों में लगाई जाती हैं?"

"वाह! यह तूने कैसे कह दिया। बीसों पेड़ घरों में लगे हैं।"

"वे पहले से होंगे, मकान पीछे बना होगा। बने मकान के अंदर पीपल नहीं लगाया जाता।"

"तेरे कहने से।"

"अच्छा, मेरे कहने से न सही, पर इस दीवार को तो देखो। अब इसका क्या किया जाए?"

"किसी राज को बुलाकर दिखाओ न।"

शाम को बाबू साहब ने राज बुलवाया। राज ने मौका देखकर कहा, "या तो इस पेड़ को कटवा डालिए या दीवार से हाथ धोइए। यह पेड़ रहेगा, तो दीवार नहीं बचेगी। और इस दीवार पर आपके दूसरे मरातिब की भी दीवार है, इसलिए बड़ा खतरा है। यह दीवार तो जाएगी ही, दूसरा मरातिब भी गिरेगा, तब बहुत नुकसान हो जाएगा।"

बाबू साहब झुँझलाकर बोले, "मैं तो पहले ही जानता था। इन औरतों के स्वाँग से नुकसान के सिवा फायदा थोड़े ही होना है।"

राज को विदा करके बाबू साहब अपनी माता के पास आकर बोले, "तुम्हारा

पीपल सारा मकान ले डालेगा, समझीं।"

"सारा मकान कैसे ले डालेगा ?"

"नीचे की दीवार गिरेगी, तो ऊपर की मंजिल क्या बच जाएगी? वह तो पहले गिरेगी। इसी दीवार पर तो सारा बोझ है।"

"तो जितनी फटनी थी, फट चुकी। अब क्या सारी दीवार थोड़े ही फट जाएगी।"

"राज तो यही बात कहता है, और मेरी समझ में भी उसकी बात आती है। दीवार फटती ही चली जाएगी।"

"उस दाढ़ीजार का सिर। किसी दूसरे राज को दिखाओ। वह चाहता होगा कि सारी दीवार को फिर से बनवाओ। ये लोग तो तिल का ताड़ बना देते हैं।"

माता को विश्वास दिलाने के लिए बाबू साहब ने दूसरा राज बुलवाया। उसने भी पहले राज की बात का समर्थन किया। बाबू साहब बोले, "यह दीवार जितनी फटी है, उसकी अगर मरम्मत करा दी जाए, तो फिर तो न फटेगी ?"

"अगर पेड़ इतना ही बड़ा रहे, तो न फटेगी। पेड़ तो बढ़ेगा और पीपल का पेड़ कितना बढ़ता है, यह आप जानते ही हैं। जैसे-जैसे पेड़ बढ़ेगा, वैसे-वैसे दीवार की दरार बढ़ती जाएगी। मरम्म्त करा दीजिएगा, तो फिर फट जाएगी। और इसकी डालें आपके सामनेवाले छज्जे की तरफ बढ़ रही हैं। उस छज्जे के लिए भी खतरा है।"

"तो यह कहो, सारा मकान ही खतरे में है।"

"बेशक! इसकी डालें और जड़ें जिधर-जिधर जाएँगी, उधर-उधर की इमारत को खतरा है।"

बाबू साहब माता के पास दौड़े, बोले, "सुनो, यह दूसरा राज क्या कहता है। यह तो कहता है कि पूरे मकान को खतरा है।"

"उसका सिर! कहाँ है वह राज ?" इतना कहकर वृद्धा आँगन में आई, और राज को देखकर बोली, "अरे, क्या कहता है ?"

राज बोला, "माजी, इस दीवार से मकान को बड़ा खतरा है।"

"तेरा सिर खतरा है। मूरख कहीं का! पेड़ एक कोने में है, सारे मकान को खतरा कैसे है ?"

"पीपल की जड़ें बहुत दूर तक फैलती हैं।"

"नीचे-नीचे ही तो फैलती हैं।"

"नीचे-नीचे तो फैलती ही हैं।"

"तब फिर?"

"दीवारों की नींव भी तो नीचे ही होती है, माजी! और ऊपर डालियाँ फैलती हैं।"

"तो फिर इससे क्या हुआ?"

"इससे यह हुआ कि नींव को जड़ें ले डालेंगी, और ऊपरी इमारत को डालियाँ।"

"तू इतना बड़ा राज है, कोई ऐसी जुगत नहीं निकाल सकता, जो पेड़ भी बना रहे, और मकान को भी जोखिम न आए।"

"पेड़ की जड़ें और डालियाँ मेरे कहे में थोड़े ही हैं माजी, कि जिधर मैं कहूँ, उधर ही जाएँ।"

"बातें बनानी बड़ी आती हैं। जितनी बातें बनाता है, उतना काम न जानता होगा।"

राज हँस पड़ा, बोला, "अब काम की बाबत मैं क्या कहूँ। माजी, बाबू जानते हैं, इन्होंने मेरा काम देखा है।"

बाबू साहब बोल उठे, "बड़ा होशियार कारीगर है, ऐसा-वैसा नहीं है।"

"यहाँ कुछ हुसियारी करके दिखाए तो जानूँ। होगा होसियार।"

"इसमें हुसियारी यही है कि इस पीपल को कटवा देना चाहिए, तब तो मकान बचेगा, नहीं तो मकान बचेगा नहीं। माजी, चाहे जिसे दिखा लीजिए।"

"पीपल कौन कटवाए। एक तो पाला-पोसा पेड़, और उस पर पीपल। जिसकी अब तक पूजा की, उसे कटवाएँ। राम! राम! जो कटवाएगा, उसका नाश हो जाएगा।"

इतना कहकर माजी भीतर चली गईं।

राज ने बाबू साहब से कहा, "यह पीपल कटवा दीजिए, तो इस दीवार की मरम्मत हो जाएगी, नहीं तो सब मकान जाएगा।" यह कहकर राज चला गया।

□

बाबू साहब बड़े असमंजस में पड़े। अपनी मूर्खता पर पश्चात्ताप कर रहे थे कि जिस दिन देखा था, उसी दिन उसे उखड़वा देते, तो ठीक होता। यह सोचते हुए माता के पास पहुँचे, और बोले, "बिना पीपल कटवाए काम नहीं चलेगा।"

"अरे राम! राम! पीपल कोई कटवाता है? हमारे यहाँ एक ने पीपल कटवाया था। कटवाने के सालभर बाद ही वह मरा, उसके छह महीने बाद लड़का मर गया, घर में सास-पतोहू विधवा रह गईं, वंश नाश हो गया। एक और ने कटवाया था, उसका भी ऐसा ही हुआ।"

"तो तुम्हारा मतलब यह है कि मकान चाहे गिर जाए, पर पीपल बना रहे।"

"नहीं, मैं तो यह कहती हूँ कि पेड़ भी बना रहे, और मकान भी न बिगड़े।"

"ये दोनों बातें नहीं हो सकतीं। पीपल कटवाना ही पड़ेगा।" इतना कहकर बाबू साहब माता के उत्तर की प्रतीक्षा न करके वहाँ से हट आए।

कहने को तो बाबू साहब ने कह दिया, पर पीपल कटवाने में उन्हें भी संकोच था। माता की बातें सुनकर उन्हें भी धड़का हो गया था। शाम को उन्होंने अपनी मित्रमंडली में इसकी चर्चा की। एक दिल्लगीबाज बोले, "आपकी माता ठीक कहती हैं, पीपल कटवाना अशुभ होता है। इसलिए पीपल को पालिए, मकान को गिर जाने दीजिएगा। मकान न रहेगा, तो पीपल की छाया तो रहेगी। आनंद से उसी के नीचे चैन की बंसी बजाइएगा। पीपल देव की कृपा होगी, तो फिर मकान हो जाएगा।"

एक साहब बोले, "आप तो हैं बौड़म! रोज पीपल कटते हैं, कहीं कुछ नहीं होता। उसे कटवा क्यों नहीं डालते।"

"माताजी कटने नहीं देंगी, यही तो कठिनता है, मैं तो आज कटवा दूँ।"

एक तीसरे हँसोड़ बोले, "पीपल कभी न कटवाना। पीपल कटवाया नहीं कि ब्रह्मराक्षस ने आपको धर दबोचा। पीपल पर ब्रह्मराक्षस रहता है, यह तो आप जानते ही हैं।"

"लोग कहते तो ऐसा ही हैं।" बाबू साहब गंभीरतापूर्वक बोले।

"वे ठीक कहते हैं। इसमें गलत क्या है।"

"भई, कोई ऐसी युक्ति बताओ, जो पीपल भी बना रहे और मकान भी बच जाए।"

"मेरी समझ में आप पीपल से प्रार्थना कीजिए कि महाराज, आप बावन रूप में ही रहिए। मेरा खयाल है, इतनी बात तो वह मान लेंगे, क्योंकि आप लोग नित्य उनकी पूजा करते हैं।"

इस पर सबने कहकहा लगाया।

बाबू साहब झल्लाकर बोले, "तुम लोगों को मजाक सूझा है, यहाँ चिंता के मारे खून सूखा जा रहा है।"

एक महोदय गंभीरतापूर्वक बोले, "मैं आपको तरकीब बताता हूँ। दोनों काम हो जाएँ, लेकिन उस्ताद, मिठाई खिलवाना।"

बाबू साहब उत्सुक होकर बोले, "बोलो! यदि दोनों बातें हो गईं, तो मिठाई खिला दूँगा।"

"तो सुनिए। मकान बेच डालिए। जो मकान खरीदेगा, वह अपने आप कटवाएगा, या न कटवाए, आपकी बला से। आप दूसरा मकान ले लीजिए।"

यह सुनते ही बाबू साहब उछल पड़े, बोले, "भई, खूब तरकीब बताई। बस यही हो सकता है, और कोई उपाय नहीं।"

"तो मिठाई खिलवाइए।"

"हाँ-हाँ, लीजिए।"

इतना कहकर बाबू साहब ने झट जेब से एक रुपया निकालकर फेंक दिया। घर आकर बाबू साहब माता से बोले, "माँ, यह मकान बेचना पड़ेगा।"

"क्यों?" माता ने माथा सिकोड़कर पूछा।

"और क्या करें। पीपल कटने नहीं दोगी, और जब तक पीपल नहीं कटेगा, तब तक मकान नहीं बचेगा। इसलिए इसे बेच डालना ही ठीक है। न पीपल कटवाना पड़ेगा, न मकान गिरने की चिंता रहेगी। हम दूसरा मकान ले लेंगे।"

"वाह! यह तूने अच्छी कही। मैं अपनी पुरानी जगह बेच दूँ। इसी में तू पैदा हुआ। इसी में तेरा ब्याह हुआ, तेरे लड़का हुआ। न बेटा! मैं अपने जीते-जी तो इसे छोड़ूगी नहीं मेरे मरने के बाद तुम्हारा जी जो चाहे, करना।"

"बड़ी मुश्किल है!" न यह हो, न वह हो, फिर हो क्या? तुम जो चाहती हो, वह सात जन्म नहीं हो सकता।"

"क्या नहीं हो सकता?"

"यही कि पेड़ भी बना रहे, और मकान भी न गिरे।"

"सबकुछ हो सकता है, करनेवाला चाहिए।"

बाबू साहब बड़े परेशान कि माता को कैसे समझाएँ। दो-तीन दिन तक इसी चिंता में रहे कि क्या करें। खाना-पीना भी हराम हो गया। दीवार को रोज देख लेते थे। उन्हें दीवार की दरार प्रतिदिन बढ़ती हुई प्रतीत हो रही थी। अंत में, उन्होंने मामा तो पत्र लिखकर बुलाया। उनके आने पर सब हाल उनसे कहा। मामा ने कहा, "जीजी तो सठिया गई हैं, तुम पेड़ कटवा डालो।"

परंतु बाबू साहब पेड़ कटवाने के परिणाम की ओर से निश्चिंत नहीं थे; इसलिए हृदय में कटवाने का साहस नहीं था। परंतु अपनी इस कमजोरी को वह माता के हठ के परदे में छिपा रहे थे। मामा से उन्होंने कहा, "मैं तो आज कटवा दूँ, पर माताजी महनामथ मचाएँगी, कटने नहीं देंगी।"

"अच्छा, तो मैं बताऊँ। तुम एक दिन के लिए इन्हें कहीं ले जाओ, पीछे मैं कटवा दूँगा।"

बाबू साहब बड़े प्रसन्न हुए। मन में सोचा, यह कटवाएँगे, तो जो कुछ शुभ-अशुभ होगा, इन्हीं के लिए होगा, हम बच जाएँगे।

इस योजना के अनुसार बाबू साहब अपनी माता, पत्नी तथा पुत्र को दिन भर के लिए कहीं ले गए, पीछे उनके मामा ने पेड़ कटवा दिया।

□

शाम को बाबू साहब लौटे। पीपल की ओर जो देखा, तो वहाँ सफाई थी। बाबू साहब की माता ने तो छाती कूट ली, "हाय! यह क्या किया!"

मामा ने कहा, "जीजी, इसे मैंने कटवाया है, जो कुछ होगा, मुझे होगा। तुम बेफिक्र रहो।"

"अरे, तो तू क्या गैर है। तू भी तो अपना ही है। तुझे या तेरे बाल-बच्चों को कुछ हो गया, तो मैं क्या करूँगी।"

"मुझे या मेरे बाल-बच्चों को कुछ नहीं होगा। तुम चिंता न करो, मैं इन बातों को नहीं मानता।"

वृद्धा ने इसका कोई उत्तर न दिया, बैठकर रोने लगीं।

इधर बाबू साहब दीवार देख रहे थे। जहाँ पीपल था, वहाँ एक बड़ा गड्ढा हो गया था। बाबू साहब ने मामा से पूछा, "इतना गड्ढा कैसे हो गया?"

"मैंने जड़ भी निकलवा दी है। जहाँ तक मोटी जड़ मिली, वह सब निकलवा दी। जड़ रहने से फिर हरा हो सकता था।" मामा ने कहा।

बाबू साहब बड़े प्रसन्न हुए, बोले, "यह आपने बहुत अच्छा किया।"

"अब कल राज बुलाकर इस दीवार की मरम्मत करा देना। मैं तो सवेरे की गाड़ी से चला जाऊँगा।"

"क्यों, इतनी जल्दी काहे की। आए हो तो दो-चार दिन रहो।"

"मुझे बहुत काम है, तुम्हारी चिट्ठी पाकर चला आया, नहीं तो वहाँ से हिलने का मौका नहीं था।"

बाबू साहब का अभिप्राय पूरा हो गया था, इसलिए उन्होंने ठहरने के लिए अधिक जोर नहीं दिया।

सवेरे मामा विदा हुए। उनके साथ, जब वह आए थे, केवल एक बिस्तर तथा एक छोटा सा ट्रंक था। परंतु अब एक बड़ा सा ट्रंक और था, और बिल्कुल नया था। बाबू साहब ने पूछा, "यह ट्रंक कहाँ से आ गया?"

"कल मैं मजदूरों को यहाँ लगाकर यह ट्रंक और कुछ सौदा ले आया था, एक पड़ोसी ने मँगाया है।"

ताँगे पर असबाब लादते समय नया ट्रंक मामा ने स्वयं उठाकर ताँगे पर रखा। बाबू साहब ने कहा भी कि नौकर रख देगा, पर मामा बोले, "क्या हर्ज है!"

मामा के जाने के तीसरे दिन बाबू साहब ने दीवार की मरम्मत के लिए राज-मजदूर लगाए। एक मजदूर गड्ढे को बड़े गौर से देखने लगा। देखकर बोला, "बाबूजी, क्या यहाँ कोई पेड़ था?"

"हाँ, क्यों?"

"पीपल का पेड़ था?" मजदूर ने पूछा।

"हाँ! क्यों, क्या बात है?"

"कुछ नहीं।" इतना कहकर मजदूर मुसकराया।

बाबू साहब ने पुनः पूछा, "क्यों, क्या बात है?"

मजदूर बोला, "कल हमारा एक मिलने वाला मजूर अपने गाँव गया है, वह यहाँ से कोई बीस-पचीस रुपए का सामान खरीदकर ले गया। हमने उससे पूछा, इतना रुपया कहाँ पाया? पहले तो वह बताता नहीं था, पर हमारी-उसकी पुरानी दोस्ती है, इससे उसने बताया कि कल एक पीपल का पेड़ काटा था, उसकी जड़ में एक ताँबे का घड़ा निकला, जो रुपए और अशरफी से भरा था। सो मैंने सोचा कि शायद यही जगह हो। उस मजूर और उसके साथी को सौ-सौ रुपए मिले।"

बाबू साहब का हृदय डूबने लगा। उन्हें नए ट्रंक का ध्यान आया, मामा ने उसे स्वयं उठाकर ताँगे पर बड़ी सावधानी से रखा था। मामा इतनी जल्दी चले गए, जबकि पहले उनका कोई इरादा इतनी जल्दी जाने का नहीं था, होता तो वह अवश्य प्रकट करते। इन सबका तारतम्य मिलाकर बाबू साहब ने सबकुछ समझ लिया। मजदूर से उन्होंने केवल इतना कहा, "यहाँ कोई घड़ा-वड़ा नहीं निकला।"

इतना कहकर बाबू साहब वहाँ से भागे, और अपने कमरे में आकर चारपाई पर लेट गए। पत्नी ने पूछा, "क्या बात है, क्या जी खराब है?"

बाबू साहब ने कहा, "हाय! हम तो लुट गए!"

माता भी दौड़ी आईं। बाबू साहब ने सब हाल कहा। माता छाती कूटकर बोलीं, "हाय! मैं कहती थी, पीपल न कटवाओ। पीपल का कटवाना अशुभ होता है, वही हुआ! और उस चंदन को तो देखो, बहन के साथ दगा कर गया। हाय! मैं तो उसके लिए प्राण देती थी, और उसने यह दगाबाजी की!"

बाबू साहब बोले, "उसे तो पीपल कटवाना फल गया। यह सब तुम्हारे कारण हुआ, तुम पीपल कटवाने पर इतनी आपत्ति न करतीं, तो उसे मैं स्वयं कटवाता, और वह धन हमीं को मिलता।"

बाबू साहब रो-पीटकर बैठ रहे। मामा को चिट्ठी भी लिखी कि एक मजदूर ऐसा कहता है।

मामा ने उत्तर दिया, "बिल्कुल झूठ बात है।"

परंतु छह महीने व्यतीत होते ही मामा ने एक नया मकान बनवा डाला, पाँच-छह हजार रुपए लगाकर अपने लड़के को कपड़े की दुकान खुलवा दी। अब बाबू साहब को पूरा विश्वास हो गया।

आजकल बाबू साहब जब किसी पीपल के पेड़ को देखते हैं, उनके हृदय में एक घूँसा-सा लगता है, और पीपल कटवाने के संबंध में तो अब उनका विचार यह हो गया है कि पीपल को स्वयं अपने हाथों से काटना चाहिए, मजदूरों से नहीं कटवाना चाहिए।

□

समस्या

(1)

शाम के साढ़े छह बज चुके थे। गद्दीखाने में काफी भीड़भाड़ थी। दो-दो, तीन-तीन, चार-चार आदमियों की कई टोलियाँ अलग-अलग बैठी हुई मदिरा पान कर रही थीं। कोई गा रहा था, कोई अपने खानदान भर की कथा सुना रहा था। कोई पुकार रहा था, "चौधरी, एक अद्धा और भिजवाना!" कोई कहता था, "महाराज, टके के कचालू तो बनाना, जरा मिर्च डबल कर देना। बिना मिर्च के मजा नहीं आता।"

इस पर दूसरा बोला, "दारू के साथ तो मिर्चों का ही मजा है। हमने बीसों दफे अजमाया है कि जब नसा हल्का हो, तो एक पैसे के दही-वड़े या कचालू खूब मिर्चें डालकर खा लो, उसी बखत नसा तेज हो जाएगा। मगर एक ससुरी बुराई यह हो जाती है कि सवेरे पिसाब खून जैसा आता है और लगता बहुत है।"

तीसरा बोला, "इसका तो सहज उपाय है। सोते बखत एक आध सेर दूध खूब चीनी डालकर पी जाओ, बस फिर पिसाब ठीक होगा।"

एक ओर से आवाज आई, "अरे महरा राजा, आज कोफते नहीं बनाए, यह बड़ा गजब किया, हमारा तो सारा मजा ही बिगड़ गया। अच्छा लाओ, कबाब ही सही, मगर खूब चटपटे हों। मिर्चों से न जाने तुम्हारी छठाठैं हैं क्या। टके सेर की चीज उस पर भी कंजूसी करते हो।"

एक ओर से किसी ने ऊँचे स्वर में गाना आरंभ किया, "क्या खुरिस हैतेरी ओ बिसामीला, कभी लखते जिगरवा भैया, लखते जिगरवा बाबू, हाँ लखते जिगरवा राजा खुनवा दिल।" एक कायस्थ महाशय कहकहा लगाकर बोले, "वाह! भई वाह! लखते जिगरवा खुनवा दिल की एक ही कही। वाह उस्ताद, अच्छी इसलाह

(संशोधन) की। अरे, यों कहो भाई, क्या खुरिश है तेरी ओ बिसमिल कभी लख्ते-जिगर कभी खूने-दिल।

गाने वाला बोला, "मुंशीजी, हम तुम्हारी तरह पढ़े-लिखे तो हैं नहीं। हमें इसी में मजा आता है। किसी दिन हमारे साथ चलो तो हम सुनवाएँ। एक जैसवारा इसे ऐसा गाता है कि क्या कहें। लखते जिगरवा को ऐसा-ऐसा बताता है कि बिना पिए सरूर आ जाए। नाचनेवाला तो उसकी टक्कर का शहर में है नहीं। जिस बखत जनाने कपड़े पहन लेता है, तो साला बिल्कुल औरत मालूम होता है। जिन साहब के बँगले में वह रहता है, एक दिन वहाँ नाच हो रहा था, साहब भी आकर खड़े हो गए। सच मानो, उन्होंने उसे बिल्कुल नहीं पहचाना। पूछा, "यह औरत कौन है ?" एक बोला, "हुजूर, यह तो आपका सहीस रामहरख है।" साहब ने दाँतों तले उँगली दाब ली। उसी बखत जेब से दो रुपए निकालकर खन से रामहरख के सामने फेंक दिए। वह ऐसा आदमी है। किसी दिन सुनो तो सारा मुंसीपना भूल जाए।"

इधर तो यह बातें हो रही थीं, उधर एक कोने में एक व्यक्ति अकेला बैठा था। उसके सामने शराब का एक अद्धा और एक दोने में कुछ नमकीन सामान रखा था, जिसे वह धीरे-धीरे टुँगार रहा था। उसके मुख पर गहरी चिंता के चिह्न थे। उसकी दृष्टि सामने भूमि पर लगी हुई थी।

इसी समय एक व्यक्ति गद्दीखाने में प्रविष्ट हुआ। वह प्रत्येक व्यक्ति को ध्यानपूर्वक देख रहा था, मानो किसी को ढूँढ़ रहा हो। हठात् उसकी दृष्टि इस एकांतवासी व्यक्ति पर पड़ी। वह शीघ्रतापूर्वक उसके पास पहुँचकर बोला, "ओफ ओह! ढूँढ़ते-ढूँढ़ते नाक में दम हो गया। आखिर निराश होकर घर लौटा जा रहा था कि जी में आया, जरा यहाँ देखता चलूँ।"

वह व्यक्ति बोला, "तुम व्यर्थ में मेरे पीछे क्यों पड़े हो ?"

"यार हीरालाल, तुम ऐसी बातें कहते हो कि जी जल जाता है। मैं तुम्हारे पीछे पड़ा हूँ ?" नवागंतुक ने पूछा।

"पीछे पड़ना और किसे कहते हैं, आखिर तुम मुझे क्यों ढूँढ़ते फिरते हो ? क्या काम है ?"

"तुम्हें नहीं मालूम, क्या काम है ?"

"मैं कुछ नहीं जानता।"

"अब ऐसी बातें करोगे।"

"और कैसी बातें करूँ?"

"तुम तो इस समय नशे में हो। अपने-पराए को पहचानते नहीं।"

"मैं सबको पहचानता हूँ। और किसी को पहचानूँ या न पहचानूँ, लेकिन तुम्हें तो अच्छी तरह पहचानता हूँ।"

"अच्छा, यहाँ से तो चलो। बाहर चलकर तुमसे खुलकर बातें होंगी। यहाँ मौका नहीं है।"

"मैं नहीं जाऊँगा। मैं किसी ससुरे का दबैल नहीं हूँ। समझे।"

नवागंतुक कुछ मुसकराकर बोला, "यहाँ से तो तुम्हें जाना ही पड़ेगा। अभी थोड़ी देर में निकाल बाहर किए जाओगे।"

"हमें कोई ससुरा नहीं निकाल सकता। हमारा जब तक जी चाहेगा, यहाँ रहेंगे।"

"सो तो तुम जरूर रहोगे, अभी हाल खुला जाता है।"

दोनों मौन हो गए। थोड़ी देर में चौधरी ने पुकारा, "टेम हो गया, सब लोग बाहर जाओ।"

नवागंतुक ने किंचित् मुसकराकर कहा, "कहिए, अब क्या इरादे हैं?"

हीरालाल बोला, "तुम जाओ, हम तो जाएँगे नहीं।"

नवागंतुक ने हीरालाल का हाथ पकड़ा और कहा, "इन बातों से कोई लाभ नहीं होगा। सीधी तरह चलो, नहीं तो धक्के देकर निकाले जाओगे।"

"हमें कोई ससुरा···।"

हीरालाल इतना ही कहने पाया था कि नवागंतुक ने उसका हाथ पकड़ लिया और घसीटता हुआ बाहर ले चला।

□

हीरालाल "देखो जगमोहन, हाथ छोड़ दो, नहीं तो झगड़ा हो जाएगा" कहता हुआ गद्दीखाने के बाहर आया। बाहर आकर जगमोहन ने हीरालाल का हाथ छोड़ दिया और कहा, "अच्छा लो, हाथ छोड़ दिया, अब चले चलो सीधी तरह।"

"चलें, कहाँ चलें? कुछ मालूम भी तो हो?"

"चलो बाग की तरफ चलें, वहाँ एकांत में बैठकर बातें होंगी।"

"हम तो नहीं जाएँगे।"

"यार हीरालाल, यही बातें तो बुरी मालूम होती हैं, जरा-सी शराब क्या पी ली, बिल्कुल आपे के बाहर हो गए!"

"अरे जाओ, आपे के बाहर होनेवाले कोई और होंगे। हम तो इस समय आनंद में हैं। समझे? आनंद में।"

इतना कहकर हीरालाल ने गाना आरंभ किया—

"सुनो तुम यार परदेसी, वचन कैसे निबाहोगे।

वचन कसे निबाहोगे—हाँ, वचन कैसे निबाहोगे।"

जगमोहन हँसकर बोला, "हाँ, अब तुम आए राह पर; इसी तरह मजे में चले चलो।"

इसी प्रकार दोनों बाग में पहुँचे। अँधेरा यथेष्ट हो गया था, अतएव दोनों एकांत में पड़ी हुई बेंच पर जा बैठे।

जगमोहन—"बोलो, अब क्या इरादे हैं?"

"पहले हमको पान खिलाओ और सिगरट पिलाओ, तब और कोई बातचीत होगी।"

"हाँ, यह मानी, अभी लो।"

इतना कहकर जगमोहन लपककर पान तथा सिगरट ले आया। हीरालाल ने पान खाकर सिगरट सुलगाई, तत्पश्चात् बोला, "हाँ, अब कहो क्या कहते हो?"

"कहना यही है कि अब क्या इरादे हैं?"

"काहे की बाबत?"

"समझ जाओ!"

"भई, वह काम तो मुझसे नहीं होगा।"

"क्यों?"

"जिनका नमक खाता हूँ, उन्हीं के साथ दगा करूँ?"

"अपनी मेहनत का खाते हो, उनका काहे को खाते हो।"

"मेहनत का तो सभी खाते हैं, कोई किसी को खैरात थोड़ा ही दे देता है।"

"तो बस, फिर जब इतना समझते हो, तब फिर सोच-विचार काहे का?"

"सोच-विचार दुनियादारी का है। साँप सब जगह टेढ़ा चलता है, पर बिल में सीधा ही घुसता है।"

"अमा, हटाओ भी। तुम आदमी हो, आदमियों की सी बातें करो। साँप-बिच्छू से तुम्हें क्या मतलब। देखो हीरालाल, यह काम सर हो जाए, तो तुम भी जन्म भर को निश्चिंत हो जाओगे। परायी गुलामी करते हो, फिर मजे से कोई रोजगार कर लेना, न किसी के नौकर, न चाकर।"

"यह तो ठीक है; पर अगर कहीं भेद खुल गया, तो बड़ा घर भी देखना पड़ेगा।"

"किसे? तुम्हें? क्या बातें करते हो। तुम्हारा बाल भी बाँका न होगा, इसका जिम्मा हमारा रहा।"

"जब मैं उनका पहरेदार हूँ तो पहले वह मुझी को धरेंगे कि तुम्हारे रहते चोरी कैसे हो गई?"

"इन सब बातों को मैंने सोच लिया है, तुम बिल्कुल बेफिकर रहो, तुम्हारे ऊपर तो उनका संदेह भी न होगा, धरना-पकड़ना तो दूर की बात है।"

"तो आखिर क्या करोगे?"

"यह सब वक्त पर मालूम हो जाएगा।"

"वक्त पर क्या मालूम हो जाएगा। पहले मैं भी तो समझ लूँ।"

"तुम्हें मुझ पर भरोसा नहीं है क्या?"

"भरोसा क्यों नहीं है, लेकिन मैं अपना इत्मीनान भी तो कर लूँ।"

"पहले यह बता दो कि तुम्हारा इत्मीनान हो गया, तो तुम राजी हो जाओगे?"

"सोचूँगा।"

"यह गलत बात है। वादा करो। मैंने अपनी भेद की बात भी बता दी और तब भी तुम राजी न हुए तो इससे क्या फायदा।"

हीरालाल मौन होकर कुछ क्षणों तक सोचता रहा। तत्पश्चात् बोला, "यार, मुझे माफ ही कर देते तो अच्छा था। शहर भरा पड़ा है, चाहे जहाँ हाथ मारो, मना कौन करता है। एक घर न सही।"

"पहुँच भी तो हो, हाथ मारना दिल्लगी थोड़े ही है। यहाँ तो तुम्हारी वजह से पहुँच हो सकती है।"

"अच्छा, मुझे एक-आध दिन का मौका और दो। मैं जरा इस पर अच्छी तरह सोच लूँ।"

"सोचते-सोचते तो आज पंद्रह-बीस दिन हो गए!"

"जहाँ इतने दिन हुए, तहाँ एक-दो दिन और सही।"

जगमोहन कुछ हतोत्साहित होकर बोला, "अच्छी बात है। परंतु किस दिन जवाब दोगे, ठीक-ठीक बताओ?"

"आज कौन दिन है?"

"इतवार है।"

"तो बुधवार को बता दूँगा।"

"बुधवार को नहीं, कल बताओ। आज रात में सोच लेना।"

"अच्छा, परसों अवश्य बता दूँगा।"

"कहाँ मिलोगे? दिन में कहीं तुम्हारा ठिकाना भी तो नहीं रहता।"

"दोपहर को घर पर मिलूँगा।"

"अच्छी बात है।"

बातें समाप्त हो जाने पर हीरालाल ने पुनः गाना आरंभ किया।

□

हीरालाल एक धनी व्यक्ति के यहाँ रात में पहरा देने पर नौकर है। जगमोहन से उसकी पुरानी मित्रता है, परंतु जब से जगमोहन चोरी-बदमाशी करने लगा, तब से हीरालाल उससे बहुत कम मिलता-जुलता है, यथाशक्ति दूर ही रहने का प्रयत्न करता रहता है। जगमोहन से वह इतना भयभीत रहता है। जगमोहन का उस पर इतना प्रभाव है कि जब वह जगमोहन के सामने होता है, तो उसे उसी की इच्छानुसार कार्य करना पड़ता है। जगमोहन के ही कारण उसे शराब पीने की लत पड़ी है।

बुधवार की शाम को जगमोहन पुनः हीरालाल से मिला। आज हीरालाल शराब के नशे में नहीं था। अतएव उसे जगमोहन से मिलने में अधिक भय मालूम होता था। जगमोहन ने मिलते ही पूछा, "क्यों क्या तय किया?"

"अभी तो कुछ तय नहीं किया।" हीरालाल ने उत्तर दिया।

"आज का वादा था?"

"हाँ, वादा तो था। परंतु···।"

"परंतु क्या?"

"भाई, मेरा साहस नहीं होता।"

"पहले यह बताओ, आज पी है या नहीं?"

"आज तो नहीं पी। रोज-रोज पीने को पैसा कहाँ से आए?"

"अच्छा, चलो, हम पिलाएँ।"

"अब आज जाने भी दो।"

परंतु जगमोहन उसे गद्दीखाने ले ही गया, वहाँ दोनों ने पी। तत्पश्चात् एकांत स्थान में जाकर बातचीत आरंभ हुई। जगमोहन ने पूछा, "बोलो, अब क्या कहते हो?"

"कहते क्या हैं, यही कहते हैं कि हम किसी साले से डरते-दबते तो हैं नहीं, मगर हाँ, इतना खयाल जरूर है तो उनके साथ दगाबाजी क्या करें, उनका नमक खाते हैं।"

"और हमारी-तुम्हारी जो इतनी पुरानी दोस्ती है सो?"

"बस, इसी का तो खयाल है, समझे दोस्त। इसी का खयाल है।"

"खयाल है, तो बस, जो हम कहते हैं, वह करो। एक दफा हिम्मत कर जाओ, तो जन्म भर को छुट्टी हो जाए।"

"हिम्मत! हिम्मत की बात क्या कहते हो। हिम्मत तो इतनी है कि दिन-दोपहर काम हो जाए, रात की जरूरत ही न पड़े।"

"तो फिर देर क्यों करते हो?"

"यार···।"

"अब यारी-दोस्ती आज से खत्म समझो। आज या तो तुम्हें यह काम कराना होगा या फिर आज से हमारी-तुम्हारी दोस्ती खत्म है। बोलो, मुझसे दुश्मनी बाँधने की हिम्मत है?"

हीरालाल नशे में होते हुए भी भयभीत हो गया, अतएव मुसकराकर बोला, "यार, तुम तो बड़ी जल्दी खफा हो जाते हो। दोस्ती खत्म होने की कौन सी बात है।"

"बात क्यों नहीं है, एक जरा-सा काम तुम्हारे किए नहीं होता और जबकि उसमें तुम्हारा भी फायदा है।"

"अच्छा, तो पक्का रहा। मगर एक बात है, मैं तुम्हें अंदर घुस जाने दूँगा, उसके बाद तुम जानो तुम्हारा काम जाने, मैं जिम्मेदार नहीं। अगर पकड़-वकड़ जाओ, तो मुझे दोस न देना।"

"यह बात मानी, मगर कहीं ऐसा न करना कि चोर से कहो चोरी कर और साह से कहो जाग।"

हीरालाल दाँतों तले जीभ दबाकर बोला, "ऐसा कभी हो सकता है? ऐसा दगाबाजी का काम हीरालाल से कभी न होगा, चाहे जान क्यों न चली जाए। समझे मित्र, दगाबाजी हमसे नहीं हो सकती।"

"तो बस ठीक है। आज बारह बजे के बाद?"

"हाँ, और क्या।"

"शाबाश, आज तुम दोस्ती का हक अदा कर रहे हो।"

□

हीरालाल भोजन करके अपने पहरे पर जाने के लिए तैयार हुआ। उसका नशा उतर चुका था। नशा उतरने के साथ ही उसके हृदय में एक तूफान उठ खड़ा हुआ। वह सोचता था, मैंने यह क्या किया। अपने मालिक, अपने अन्नदाता के यहाँ चोरी करवाने का वादा कर लिया! बड़ा गजब किया। उस दुष्ट ने मुझे शराब पिलाकर मुझसे वादा करा लिया। अब क्या करूँ? आज बीमारी का बहाना करके पहरे पर न जाऊँ। परंतु जगमोहन से वादा है, वह समझ जाएगा कि बहाना किया। तो क्या चोरी हो जाने दूँ? अगर हो जाने दूँ, तो क्या हरज है? मुझे भी तो उसमें से हिस्सा मिलेगा। खैर, पहरे पर तो चलूँ, वहाँ चलकर देखा जाएगा।

इसी प्रकार की बातें सोचता हुआ हीरालाल पहरे पर पहुँचा। ज्यों-ज्यों वह समय निकट आता जाता था, उसके कलेजे की धड़कन बढ़ती जाती थी। वह बड़ी बेचैनी से जगमोहन के आने की प्रतीक्षा कर रहा था। अभी तक वह अपना कर्तव्य निश्चित नहीं कर पाया था। एक बजे के लगभग जगमोहन अपने दो अन्य साथियों के साथ आया। हीरालाल ने उसे एक बार समझाकर रोकने का प्रयत्न किया, परंतु जगमोहन तो तैयार होकर आया था। उसने कहा, "क्यों, मुझे बुलाकर अब ऐन मौके पर कावा काटते हो। अपना वादा भूल गए क्या?"

"नहीं, वादा तो याद है। अच्छा, जैसी तुम्हारी मरजी।"

"अच्छा, तो लाओ तुम्हारे हाथ–पैर बाँधकर तुम्हें डाल दें, जिससे तुम पर संदेह न हो।"

जगमोहन का एक साथी बोला, "जब चलने लगेंगे, तब यह सब हो जाएगा। अभी तो जिस लिए आए हैं, वह काम करो।"

जगमोहन को यह बात पसंद आई। हीरालाल वहाँ से हटकर दूसरी ओर चला गया। आधे घंटे में तीनों व्यक्तियों ने दरवाजा तोड़कर भीतर प्रवेश किया।

हीरालाल जब लौटकर उस स्थान पर आया, तो द्वार को टूटा पाया। उसका शरीर काँप रहा था। उसे जगमोहन पर क्रोध आया और उससे भी अधिक अपने ऊपर आया। उसने सोचा, 'जिस चीज की रक्षा के लिए मैं रखा गया हूँ, उसी को अपने सामने लुटवा रहा हूँ। इस जगमोहन ने मुझे इस दशा पर पहुँचा दिया। इसका प्रभाव मेरे ऊपर से कैसे हटे। आज तो हद हो गई।'

हीरालाल यह सोच ही रहा था कि अंदर से खटके का शब्द आया। हीरालाल अपना भाला सँभालकर खड़ा हो गया। आगे–आगे जगमोहन तथा पीछे उसके दोनों साथी द्वार की ओर आए। हीरालाल ने द्वार पर खड़े होकर अंदर की ओर भाला तान लिया। द्वार के निकट आकर जगमोहन ने देखा कि सामने हीरालाल भाला ताने खड़ा है। उसने स्तंभित होकर पूछा, "हीरालाल, यह क्या?"

हीरालाल बड़ी गंभीरता से बोला, "मैंने तुमसे यह वादा किया था कि मैं तुम्हें अंदर घुस जाने दूँगा। यह वादा मैंने पूरा किया।"

जगमोहन का सिर चकराने लगा। उसने पूछा, "हाँ–हाँ, तो फिर?"

"फिर क्या, अब तुम बाहर नहीं जा सकते।"

"ऐं! यह क्यों?"

"इसलिए कि मैंने यह वादा नहीं किया था कि तुमको माल लेकर बाहर भी जाने दूँगा।"

"ओफ! हीरा, तूने बड़ी दगा की।"

हीरालाल बोला, "तूने जैसी मेरे साथ की, उससे भी अधिक? तूने मुझे शराब की लत डलवाई, मालिक के साथ नमकहरामी करने का पाठ पढ़ाया। यह सब दोस्त के साथ एक दोस्त की दगाबाजी नहीं है? मैंने दगा नहीं की। मैंने तो जितना कहा था, उतना किया। मैंने कह दिया था कि तुम्हें भीतर जाने दूँगा, इसके बाद मैं

जिम्मेदार नहीं। अगर तुम बाहर जाना चाहते हो, तो पहले मुझे मार दो। जब तक शरीर में प्राण हैं, तब तक तुम बाहर नहीं जाने पाओगे।"

जगमोहन का एक साथी बोला, "अरे, यह अकेला तो है। मारो साले को और निकल चलो।"

यह कहकर वह झपटकर द्वार की ओर बढ़ा और उसने चाहा कि भाले को पकड़कर हीरालाल के हाथ से छीन ले। उसी समय हीरालाल ने भाला उसके कंधे पर मारा। वह आहत स्थान पर हाथ रखकर कराहता हुआ पीछे हट गया।

प्रात:काल जब कोठी के नौकर-चाकर जागे, तो उन्होंने विचित्र दृश्य देखा। हीरालाल द्वार पर भाला ताने खड़ा था और भीतर तीन व्यक्ति बँधे हुए थे।

तीनों व्यक्ति गिरफ्तार किए गए और उन्हें समय पर समुचित दंड मिला। हीरालाल को उसके इस वीरतापूर्ण कार्य के लिए पुरस्कार मिला।

हीरालाल के हृदय में अब भी कभी-कभी यह प्रश्न उठता है कि क्या उसने जगमोहन के साथ दगा की? परंतु उनके अंत:करण से यही उत्तर मिलता है कि "नहीं, तुमने दगा नहीं की। तुमने तो अपना कर्तव्य पालन किया।"

□□□